Eva Stern

Erniedrigt

– Erotik –

1. Auflage Juli 2010
Titelbild: Roman Kasperski
www.romankasperski.de

Lektorat: MetaLexis
Satz: nimatypografik

ISBN: 978-3-86608-142-0

Hat Dir das Buch gefallen? Schreib uns
Deine Meinung unter: gelesen@ubooks.de

Möchtest Du über Neuheiten bei Ubooks informiert
bleiben? Einfach eine Email mit der Postadresse an:
katalog@ubooks.de

Ubooks-Verlag | Wellenburger Str. 1 | 86420 Diedorf
www.ubooks.de

Erwachende Lust

Zeit der Unschuld

Unwissend
Unbefangen sich der Nacktheit erfreuen
Ohne Argwohn
Ohne Angst
Vorüber in nur einem Augenblick

Zeit der Scham

Wissend um die Natur der Blicke
Der Nacktheit bewusst
Die Scham als Begleiter
Als Quelle der Lust

Zeit der Lust

Die Lust als Beherrscher des Körpers
Die Lust als Bezwinger des Geistes
Hat deine Seele fest in der Hand
Zerdrück sie nicht

Zeit der Verdammung
Ohne Wiederkehr

1. Ein schwerer Weg

Augen die schauen
Die tasten wie Hände
Augen die starren
Dich ausziehn behände
Augen die sehen
Sieh sie nicht an
Geh einfach weiter
Voran

Kritisch blickte Alina ins Schaufenster der Nobel-Boutique. Doch weder Blusen, noch Röcke oder Hosen aus edlen Stoffen und den angesagten Farben der neuen Saison zogen ihre Aufmerksamkeit auf sich, sondern die Frau im viel zu engen Trenchcoat und den auffallend hohen Pumps. Die Knöpfe spannten nicht nur über der Brust, würde sie ihren Bauch kraftvoll vorstrecken, so könnte sie einen der mit der heißen Nadel befestigten Knopf durchaus sprengen. Alina hatte den Bauch vorsichtshalber eingezogen. Mit ihrer Figur war sie bisher durchaus zufrieden gewesen, sie fand, dass ihr üppiger Busen die kleine Rolle um ihre Körpermitte quasi verschwinden ließ. Doch dieser enge Mantel ... Den Gürtel hatte sie fest verknotet, das verlieh ihr etwas mehr Sicherheit. Allerdings schauten die Spitzenabschlüsse ihrer halterlosen Strümpfe dadurch noch deutlicher unter dem Saum des Mantels hervor. Alina war es nicht gewohnt, Schuhe mit so hohen Absätzen zu tragen, deshalb fühlte sie sich ein wenig unsicher auf den wohlgeformten Beinen, die nun nicht ganz so zügig, wie sie es gern gehabt hätte, vorwärts strebten und die anzüglichen Blicke der Männer auf sich zogen.

Diese Blicke erregten sie, sie waren wie Hände, die ihren Körper abtasteten, viele Hände, gierige Hände, wohl wissend, dass sie unter diesem Trenchcoat nackt war. Die herablassenden Blicke der Frauen führten allerdings dazu, dass ihre Erregung immer wieder von einem tiefen Schamgefühl überdeckt wurde. Auch sie schienen von ihrer Nacktheit zu wissen.

Alina überquerte den von Bistros, Eisdielen und kleinen Geschäften umsäumten Platz, der für Jung und Alt ein beliebter Treffpunkt war. An diesem sonnigen Frühlingsnachmittag hatten die Inhaber der unterschiedlichen Lokale Tische und Stühle ins Freie gestellt, welche die Passanten zum Verweilen einluden.

Etwas zaghaft stakste Alina auf dem Kopfsteinpflaster ihrem Ziel zu. Ebenso, wie all die anderen Lokale, war auch das Café Cuba reichlich frequentiert. Kaum ein Platz war noch frei, und jedem Mann, der an diesem herrlichen Tag davor die Sonne genoss, schaute sie direkt ins Gesicht. Das wirkte aufdringlich, ihr Outfit war schon peinlich genug, doch dieses Anstarren der Männer musste zu der Annahme führen, sie sei eine Nutte! Am liebsten hätte Alina sich verkrochen, aber es musste sein, nur so würde er sich zu erkennen geben.

Von einem Tisch wurden ihr eindeutige Angebote zugeraunt, von anderen wurde sie neugierig begutachtet. Er war offenbar nicht dabei, musste also drinnen auf sie warten. Gott sei Dank, so konnte sie den Blicken dieser Leute entfliehen.

Als Alina das Lokal betrat, überflogen ihre Augen schnell die Besucher. Es waren zum Glück nur wenige, die sich drinnen niedergelassen hatten, und so fiel ihr der einzige Mann, der sich ohne Begleitung hier befand, sofort auf. Ihre Augen blickten in verspiegeltes Glas. Er saß im Hintergrund, gleich neben der Toilettentür und winkte sie ungeduldig mit der Zeitung zu sich. Sein Alter schätzte Alina auf Anfang bis Mitte vierzig.

Dichtes, grau meliertes Haar, sowie ein gepflegter Vollbart umrahmten ein ebenmäßiges Gesicht, dem eine gerade Nase ein beinahe aristokratisches Aussehen verlieh. Besonders anziehend wirkte sein schmallippiger Mund auf Alina, dessen energischer Zug von Willensstärke und Dominanz kündete. Gern hätte sie ihm in die Augen, die sich leider hinter einer Sonnenbrille verbargen, geschaut.

«Das wird aber auch Zeit, öffne deinen Mantel!»

Mit zitternden Händen löste Alina den Gürtel und öffnete langsam, Knopf für Knopf den Trenchcoat. Ihr Herz hämmerte wild und die Schamesröte stieg ihr ins Gesicht. «Halte ihn weit geöffnet, ich will dich betrachten!»

«Ich kann deine Muschi sehen!»

Alina trug ein Nachthemd und spielte im Bett ihrer Eltern. Sie waren noch nicht aufgestanden. Sie kletterte über ihren Vater hinweg, dessen Blick dabei unter ihr Nachthemd wanderte. Wie alt war sie damals? Bis zu diesem Tage war Alina sich ihrer Nacktheit nicht bewusst gewesen. Nun spürte sie, wie eine siedende Hitze von ihrer Muschi ausgehend ihren Körper erfasste und ihr Gesicht in Brand setzte. Die Zeit der Unschuld war vorüber. Die Zeit der Scham hatte begonnen.

Alina spürte, wie eine siedende Hitze ihren Körper durchströmte, ihre Erregung wuchs von Sekunde zu Sekunde, je länger sie dort stand, und es schien ihr, als ließe er sie minutenlang mit ausgebreitetem Mantel dort verharren. Ängstliche Blicke zur Toilettentür, bitte lieber Gott, lass jetzt niemanden dort herauskommen! Die harten Knospen ihrer Brüste waren ein ebenso deutliches Zeichen ihrer Erregung, wie die prallen, roten Lippen, die feucht und glänzend aus ihrer rasierten Scham hervorlugten. Er tastete ihren Körper mit seinen Blicken genau ab, nicht ohne dabei beschämende Kommentare von sich zu geben: «Was bist du nur für ein Weib, stehst hier nackt und geil in einem Café! Wie hart deine Nippel hervorstehen und dein Lustsaft läuft dir an den Beinen herunter! Die Leute starren schon herüber!» Alina wäre am liebsten im Erdboden versunken.

«Setz dich mir gegenüber, aber so, dass ich deine Titten betrachten kann, halt den Rücken gerade und zieh die Schultern nach hinten! – So ist es brav und nun spreiz die Beine, schön weit auseinander!» Der Mann warf einen kurzen Blick unter den Tisch. «So ist es gut, du hast dir eine große Cola verdient, Herr Ober!»

Alina saß stocksteif auf ihrem Platz, der Ober würde sie sehen, ihren nackten Busen! Unauffällig rutschte sie ein wenig weiter nach vorn, der Tisch sollte wenigstens ihre Nacktheit unterhalb der Gürtellinie verbergen. Seitlich war sie etwas durch den Mantel verdeckt – vielleicht, wenn er nur zu ihm sah, wenn er die Bestellung aufnahm? Wenn sie ganz still wäre, vielleicht würde er sie gar nicht ansehen und nichts bemerken. Doch diese gespreizten Beine! Alina konnte nur hoffen, dass es dem Kellner entgehen würde. Der Ober trat heran. «Liebling, was möchtest du denn trinken?» Alinas Gesicht nahm die Farbe einer reifen Tomate an. Er machte den Ober auch noch bewusst auf sie aufmerksam. Die Blicke des Mannes saugten sich an ihren erregierten Brustwarzen fest, und deutlich trat eine Wölbung in seinem Schritt hervor. «Liebling?!» «Eine Cola, bitte!» Flüsterte sie. Der Kellner beugte sich zu ihr herunter, sie spürte seinen heißen Atem und die Erregung in seiner Stimme «Wie bitte, ich habe sie nicht verstanden!» «Eine Cola, bitte!» Wiederholte sie lauter. Ihr Blick war dabei die ganze Zeit auf einen Punkt an der Wand, direkt neben dem rechten Ohr ihres Gegenübers gerichtet.

«Bringen sie eine große Cola!» Orderte der Fremde, und der Ober wandte sich um und ging. Schon kurze Zeit später kam er mit der Bestellung zurück und stellte die Cola vor Alina ab, nicht ohne dabei, scheinbar versehentlich, ihre Brust zu streifen.

«Du machst den Kellner an und lässt dich auch noch von ihm begrapschen, schämst du dich eigentlich nicht? Trink die Cola jetzt, auf Ex!»

Alina schämte sich, oh ja, und wie sie sich schämte. Sie nahm das Glas und trank, ihr Mund war ausgetrocknet und doch fiel es ihr schwer, seiner Aufforderung zu folgen. Sie war wie erstarrt, und jede Bewegung, jeder Schluck brach diese schützende Starre auf und holte sie brutal zurück in die Peinlichkeit des Augenblicks.

«Du siehst noch durstig aus, gehe zur Theke und bestell noch ein großes Glas!» «Nein danke, ich habe wirklich genug, ich kann nicht mehr trinken!» Alinas Stimme klang panisch!

«Du widersprichst mir? Geh jetzt, den Mantel darfst du mit dem Gürtel schließen, es reicht, wenn du ihn einmal locker umschlägst!»

Alina stand mit ungelenken Bewegungen auf. Sie zog den Bauch ein und den Mantel, so weit wie möglich zu. Den Gürtel locker um die Taille geschlungen, ging sie nach vorn. Ihr Versuch, dabei keine Aufmerksamkeit zu erregen, misslang vollkommen. Der Kellner und seine Kollegen starrten erwartungsvoll auf den Mantel. War sie tatsächlich nackt darunter? Auch unterhalb der Taille? Gleich würde er aufspringen und den Blick frei geben! Doch der Gürtel hielt ihn Gott sei dank weitestgehend verschlossen. Die ganze Zeit über war Alina aufs Höchste erregt. Sie spürte, wie sie immer feuchter wurde und als sie aufstand, konnte sie die kleine Pfütze auf ihrem Platz deutlich erkennen. Auf dem Weg nach vorn lief ihr der Saft bereits sichtbar an den Schenkeln hinab. Ein Teil von ihr wünschte sich zu diesem Zeitpunkt, der Gürtel würde sich lösen und die Kellner könnten sich an ihrem Anblick ergötzen. Der andere Teil dankte Gott, dass er sie genau davor bewahrt hatte. Als Alina zu ihrem Tisch zurückkehrte, schaute sie über die Gesichter der anderen Gäste hinweg, und kaum saß sie wieder auf ihrem Platz, brachte der Kellner auch schon das bestellte Getränk.

«Trink sie leer, wir wollen schließlich nicht den ganzen Tag hier verbringen!» Trotz aller Bemühungen, gelang es Alina nur, kleine Schlucke hinunterzuwürgen. Als sie den letzten Tropfen geschafft hatte, zog ein erfreutes Lächeln über sein Gesicht. «Na also, du bist doch ein gehorsames Häschen. Dafür sollst du auch belohnt werden. Du bist zu nackt oben herum, ich möchte dir ein Geschenk machen!» Er zog eine goldene Kette aus seinem Jackett hervor und hielt sie lächelnd in die Höhe. «Nun, was sagst du zu so einem großzügigen Geschenk?» Alina erschauderte bei ihrem Anblick; sie war ganz und gar nicht begeistert. Diese Kette hatte keinen Verschluss, sondern eine Klemme an jedem Ende, und sie schien schwer zu sein. «Nun?» «Ich danke Ihnen vielmals, für dieses wertvolle Geschenk!», brachte sie ängstlich hervor. «Beuge dich über den Tisch!» Alina stand auf und beugte sich vorsichtig ein wenig vor. «Weiter!» Er umschloss ihre üppigen Brüste mit den Händen und zog sie fest zu sich herüber. Der Saum ihres Mantels rutschte dabei soweit hinauf, dass ihre nackten, blassen Schenkel über dem schwarzen Spitzensaum der Strümpfe jedem Betrachter entgegenleuchteten. Mit etwas Glück war ihr Po gerade noch bedeckt. Die Kommentare hinter ihr ließen keinen Zweifel daran, dass dieser Anblick niemandem entgangen war.

«Bleib so stehen!» Ihre Brüste schaukelten vor seinem Gesicht und er streichelte sanft mit seinen Zeigefingern um den Warzenhof, so dass sich ihre Nippel noch weiter zusammenzogen und sie ein leises Stöhnen nicht unterdrücken konnte, als er über ihre sensiblen Spitzen rieb. Die ganze Situation erregte sie dermaßen, dass immer mehr des Liebessaftes aus ihrer Möse tropfte und ihre Schenkel verklebte. Mit schnellen Griffen setzte er nun die Klemmen an die Brustwarzen der jungen Frau. Alina konnte sich nur mit Mühe einen Schrei verkneifen, als der Schmerz so plötzlich über sie hereinbrach. «Setz dich wieder, es starrt ja schon jeder herüber!»

Die Kette war tatsächlich ziemlich schwer. Alinas Nippel wurden lang nach unten gezogen, das konnte sie keine fünf Minuten aushalten – wie lange würde er ihr diese Tortour zumuten?

Auf was hatte sie sich da nur eingelassen? «Ich werde dir jetzt sagen, was du noch zu tun hast, bevor du wieder nach Hause gehen kannst, um dich auszuruhen. Für heute soll es dann genug sein. Ich bitte dich nur um eine kleine Gefälligkeit. Hier an der Wand lehnen zwei Tüten mit Orangen, die bringst du einem Freund. Ihm gehört der kleine Antiquitätenladen auf der anderen Seite des Platzes. Du kannst ihn nicht verfehlen!» Das war alles? «Ich muss vorher noch zur Toilette!» «Du kannst die Toilette bei meinem Freund benutzen, wenn du deinen Auftrag erfüllt hast.» «Aber es ist dringend, ich muss schon die ganze Zeit und die beiden Colas waren zuviel!» «Und schon wieder Widerworte? Ach, eine kleine Strafe lässt sich tatsächlich nicht vermeiden, aber ich bin nun mal ein gutmütiger Mensch, deshalb darfst du wählen: entweder eine kleine Glocke für deine Busenkette, damit dich auch jeder hört, wenn du vorbeigehst; oder aber, du führst dir diese Liebeskugeln ein, bevor du dich auf den Weg machst. Dann wird dich wahrscheinlich auch jeder hören, weil du dich stöhnend über den Platz windest!» Höhnisch grinsend hielt er ihr Beides entgegen. «Vielleicht hast du dich aber auch gut unter Kontrolle. Nun, was ist dir lieber? Übrigens, in den Tüten sind zwanzig Orangen, wenn auch nur eine fehlt, wird dich mein Freund wieder vor die Tür setzen; und nun entscheide dich!»

Alina wurde es heiß und kalt, sie wollte sich nicht entscheiden, aber es musste wohl sein. Liebeskugeln kamen nicht in Frage, ihre Blase drückte ohnehin schon, würden diese Dinger das nicht noch verschlimmern? Sie hatte keine Erfahrung damit und mitten auf dem Platz, vor all den Leuten einen Orgasmus zu bekommen, das konnte sie ja wohl auch nicht riskieren, sie würde nur langsam vorwärtskommen und müsste vielleicht Pausen einlegen – das ging nicht, die beiden Tüten waren randvoll und schienen zu schwer für die Henkel, sie würden über kurz oder lang reißen!

Sie musste also das Glöckchen wählen! Der Mantel war eng, die geschlossenen Knöpfe ließen wahrscheinlich gar kein Schaukeln der Glocke und somit auch keinen Klang zu.

«Ich wähle die Glocke!» Bestimmte Alina und beugte sich nach einem auffordernden Blick seinerseits wieder über den Tisch. Mit einem Ruck zog er eine Klemme los und ließ die Glocke über die Kette gleiten, die dabei einen hellen Klang von sich gab. Alina war diesmal auf den Schmerz gefasst, wenngleich es höllisch weh tat und das wiederholte Festklemmen der knallroten, pochenden Brustwarze ihr Tränen in die Augen trieb. Sie begann die Knöpfe ihres Mantels zu schließen, woraufhin ein missbilligender Zug um seinen Mund trat: «Merkst du nicht, dass die Knöpfe schon lose sind? Sie werden abreißen und du verlierst sie noch!» Mit diesen Worten riss er jeden Einzelnen mit einer kräftigen Bewegung ab und steckte sie in einen ihrer Strümpfe. «Du hast bei meinem Freund Gelegenheit, sie wieder ordentlich anzunähen! Und nun nimm die Taschen, ich binde dir den Gürtel zu!»

Alina war kreidebleich geworden, als er ihr beide Tüten in die Hände drückte. So konnte sie nicht vor die Tür gehen, unmöglich! Aber sie musste ihm gehorchen, was blieb ihr übrig?! Sie wollte Dominanz, wollte sich einem starken Willen unterwerfen, deshalb war sie hier. Alina zog erneut den Bauch ein, als er den Gürtel lose um ihre Taille band. Er zupfte noch an der einen und anderen Stelle und betrachtete dann sein Werk mit Genugtuung. Ihr Körper war bedeckt, aber wie würde es nach ein paar Schritten aussehen? Der Gürtel würde sich lösen, mit Sicherheit! «Bitte, machen Sie einen Knoten, der Gürtel wird sich lösen! Bitte!» «Du musst halt vorsichtig gehen, und an Deiner Stelle würde ich mich beeilen, die Henkel halten nicht mehr lange!» Alina drehte sich um und schritt mit steifen Schritten auf den Ausgang zu. Jedes weitere Betteln wäre Zeitverschwendung. Es würde nichts nützen. Ihr ganzer Körper war angespannt, jetzt gab es nur noch eines: Vorwärts, vorwärts, egal was passierte, sie drückte die Tür mit ihrer Schulter auf und hoffte, dass die Tüte keinen Schaden nahm. Die Blicke und das Getuschel in ihrem Rücken ließ sie hinter sich zurück. Die dünnen Henkel, die volle Blase, die Kette mit dem Glöckchen ... der Weg vor ihr würde ihre ganze Kraft erfordern.

Begonnen hatte Alles mit SM-Geschichten. Diese Kurzgeschichten erregten sie, wie noch nichts zuvor in ihrem Leben, und so dauerte es nicht lange, und in ihrem Bücherschrank türmte sich jede Menge Lektüre zu diesem Thema. Der nächste Schritt führte sie ins Internet, in entsprechende Chatrooms. Was sie dort zu lesen bekam, ließ sie, obwohl sie allein war und niemand sehen konnte, was sie da las, leuchtendrot anlaufen. Alina besaß keine Webcam, so konnte sie den schockierenden Aufforderungen ihrer Internetpartner nicht nachkommen. Eine Zeit lang hatte sie überlegt, sich so eine Kamera anzuschaffen, doch es kam irgendwie nie dazu. Auf jeden Fall brachte schon allein die Vorstellung, sich auf ein Date mit einem dieser Männer einzulassen, sich dem Willen eines Mannes zu unterwerfen, sich züchtigen und demütigen zu lassen, ihr Blut zum Kochen und sie, nahe an einen Orgasmus. Es war nur eine Frage der Zeit, bis sie alle Bedenken beiseiteschob und sich auf dieses Abenteuer einließ. Er verlangte ihre Adresse, Körpermaße, Größenangaben und absoluten Gehorsam. Samstagnachmittag um sechzehn Uhr würde ein Taxifahrer sie abholen. Am nächsten Tag brachte ein Bote ihr diesen Mantel, Pumps und Strümpfe vorbei, Kleidung, die sie an ihrem ersten Date tragen sollte, ausschließlich!

Lediglich den Haustürschlüssel sollte sie mitnehmen, in einem Strumpf, da die Taschen des Mantels zugenäht waren.

Vier Tage lagen zwischen ihrer Vereinbarung und dem Tag X. Drei Arbeitstage, vier Nächte und die Stunden des Samstags bis es endlich sechzehn Uhr war, bis sie endlich ihrer Erfüllung entgegenblicken konnte. Das Treffen sollte in diesem Café stattfinden. Für ein erstes Kennenlernen keine schlechte Idee. Anschließend würde er sie dann mit zu sich nach Hause nehmen, wo sie sich ihm endlich hingeben konnte. So hatte Alina es sich jedenfalls vorgestellt. Welche Formen der Unterwerfung würde er ihr wohl abverlangen? Wie sahen seine Demütigungen aus? Sie würde es auf jeden Fall genießen, doch bis dahin musste sie noch viel zu viele, viel zu lange Stunden überstehen. Zäh krochen sie dahin, die Stunden; doch endlich hatte die Wartezeit ein Ende. Als der Taxifahrer an der Tür schellte, warf Alina schnell noch einen prüfenden Blick in den Spiegel, dann öffnete sie die Tür und trat hinaus. Wie der Mann sie ansah, konnte er durch den Mantel hindurchsehen? Die wenigen Schritte zum Taxi fielen Alina schwer. Ängstlich schaute sie nach rechts und links, bevor sie durch die Haustür trat. Niemand war zu sehen, kein Nachbar, der sie in diesem peinlichen Aufzug bemerkte. Das Taxi brachte sie in die nächste größere Stadt, gute fünfzig Kilometer von ihrem Wohnort, einem etwas größeren Dorf entfernt. In der Nähe des besagten Platzes wurde sie hinausgelassen. Er werde sie mit der Frankfurter Zeitung in der Hand an seinen Tisch winken, sobald sie ihm ins Gesicht geschaut habe, sie solle sich die Gäste des Café Cuba also genau ansehen!

Nun stand sie hier, fast nackt. Alina konnte sich selbst nicht verstehen. Sie schämte sich zu Tode. Unter all den Leuten konnten durchaus auch Bekannte, Kollegen oder Nachbarn sein; sie könnte niemandem mehr unbefangen gegenübertreten und doch musste sie diesen Weg weiter gehen. Wie leicht wäre es, die Tüten abzustellen, den Gürtel fest zu verknoten und sich ein Taxi zu suchen. Sie konnte zu Hause Geld holen, um zu zahlen. Sie würde vielleicht ihr ganzes Leben ruinieren und diese Situation der Schutzlosigkeit machte sie geil wie nichts zuvor; was war nur los mit ihr? Alina fixierte die gegenüberliegende Seite des Platzes und ging mit ausladenden Schritten los. Zuerst zog sie die Schultern nach vorn, um den Mantel mit den Armen weiter geschlossen zu halten, doch dabei stieß sie mit den Knien gegen die Tüten und die Henkel spannten sich noch mehr und schnitten in ihre Hände. Sie zog die Schultern schnell zurück, wobei das Glöckchen umso aufdringlicher bimmelte und, so schien es ihr, jedes andere Geräusch auf dem Platz übertönte. Wer sie bis jetzt noch nicht angestarrt hatte, der wurde nun auf jeden Fall aufmerksam. Intensiv spürte sie ihre Nippel am Stoff des Mantels reiben und, obwohl sie tierisch schmerzten, erregte es sie ungemein. Alina lief weiter, die Busenkette blitzte bereits aus dem sich öffnenden Mantel heraus, den Gürtel spürte sie nicht mehr, sie musste ihn nachziehen, bevor er sich ganz löste, aber wie, verdammt noch mal?! Der erste Henkel riss und die anderen würden unmittelbar folgen, sie ging in die Knie, um die Tüten abzustellen, bevor die Früchte über den Platz rollten, doch es war bereits zu spät! Mit Entsetzen sah sie, wie die Apfelsinen davon kullerten, zwei direkt unter einen nahen Tisch, an dem mehrere junge Männer saßen, die ihr schon von Weitem schamlose Angebote zugerufen hatten. Alina geriet in Panik! Leute hin oder her, es war unmöglich, ohne Hilfe alle Früchte zu transportieren; Er hatte sie ganz bewusst in diese ausweglose Situation gebracht. Dieser Schuft! Mit überraschender Klarheit sah sie, welche Möglichkeiten ihr nun blieben: Sie konnte mit einem Teil der Orangen ihrem Ziel entgegenstreben und noch einmal umkehren, um den Rest zu holen; doch wären dann sicherlich nicht mehr alle da, außerdem würde ihre Blase das nicht schaffen. Als sie in die Knie ging, sind ihr schon einige Tropfen entwichen, sie würde ihre Blase vor all den Leuten entleeren müssen! Die andere Möglichkeit:

Sie müsste jemanden um Hilfe bitten. Wenn man ihr die Tüten vorsichtig in die Arme legte, könnte es gehen!

«Hey Bella, na so viele süße Früchtchen und die süßesten sind vorsichtshalber angekettet, seht euch das nur an! Komm her und lass sie mal hüpfen, ich hör so gerne Glockenklang!» Die Männer kugelten sich vor Lachen und auch an den Nachbartischen rief man ihr deftige Unverschämtheiten zu und brach in Gelächter aus. Schlimmer trafen sie noch die entrüsteten Beleidigungen der anderen Passanten. Alina sah dem Wortführer in die Augen und trat auf ihn zu. «Ich brauche Hilfe, bitte, ich kann nicht mehr! Wenn ich diese Apfelsinen nicht vollzählig zu dem Antiquariat dort drüben bringe, geschieht ein Unglück, ich weiß nicht, was man mit mir macht, bitte helfen Sie mir, Bitte!» Mit flehenden Augen sah sie ihn an, und Tränen kullerten über ihre erröteten Wangen.

«Na dann werden wir dir wohl helfen müssen, was meint ihr?» Er sah feixend zu seinen Freunden in die Runde. «Komm schon mal unter den Tisch und sammele die beiden hier ein, aber lass dir Zeit, bevor du den Orangensaft bekommst, wirst du einen anderen Saft schlucken, in fünf verschiedenen Geschmacksrichtungen! Danach bringen wir dir die Apfelsinen zu dem Laden!» Alle grinsten sie lüstern an und Alina wurde kreidebleich. Was blieb ihr übrig? Noch immer konnte sie sich nicht von ihrem Auftrag lösen, war nicht ohnehin schon alles zu spät? «Ihr müsst sie erst einsammeln!» «Ok., Tobi und Lars, macht das schnell, es ist also abgemacht, wir bringen dir die Dinger erst rüber, wenn du jedem von uns einen geblasen hast!»

Alina nickte und zwei der Männer standen auf und sammelten schnell die Orangen auf. Alina überzeugte sich, dass die Früchte vollzählig waren und starrte unter den Tisch. Dort unten war sie vor den Blicken der Leute weitestgehend verborgen, aber jeder konnte sich ausmalen, was sie so lange dort tat.

Es gab kein Zurück mehr, und so schlüpfte Alina schnell in die für sie vorgesehene Höhle. Sie kniete sich mit zusammengepressten Beinen vor einen der Männer und öffnete den Reißverschluss der Hose, um sein erregiertes Glied zu umfassen und ihre Lippen darum zu schließen. Sie musste sich beeilen und hoffen, dass man sie anschließend nicht hängen ließ.

Alina ließ ihre Zungenspitze um seine Eichel kreisen, und im nächsten Moment versenkte sie seinen Schwanz tief in ihrem Mund, um heftig daran zu saugen. Von oben hörte sie ein unterdrücktes Stöhnen, das sie ermunterte, fortzufahren.

War sie vor dem Tisch stehend noch schockiert gewesen, so spürte sie nun nur noch reine Lust. Ihre Hände tasteten sich an den Beinen der Männer auf den benachbarten Stühlen nach oben, und begeistert stellte sie fest, dass deren Schwänze schon erwartungsvoll aufgerichtet auf eine Intensivbehandlung warteten. Die Männer schoben sich ihren Händen entgegen und hofften sicherlich, dass ihr Kollege schnell zum Höhepunkt käme, und sie an der Reihe wären.

Während sie den einen Schwanz gierig lutschte, hatte sie die beiden anderen fest im Griff und rubbelte, was das Zeug hielt. Oben hatte man beschlossen, dass die beiden Übrigen im Kreis, die noch nicht in den Genuss von Alinas Behandlung gekommen waren, lange und laute Gespräche führen mussten, um das nicht völlig zu unterdrückende Stöhnen der anderen zu übertönen.

Lange ging das nicht gut, denn in erregender Erwartung hatten sie irgendwann selbst Hand an sich gelegt und ihre Erzählungen wurden immer konfuser und abgehackter.

Alina musste den Lustsaft aller schlucken, das wurde ihr mit Schrecken bewusst, als sie bemerkte, dass alle fünf kurz vor dem Orgasmus standen. Sie nahm die Hände von den beiden anderen und packte die Hoden ihres ersten Kandidaten, als dieser sich schon in ihren Mund ergoss.

Sie schluckte und wandte sich sofort dem nächsten zu. Mit Zungenspielereien gab Alina sich nun nicht mehr ab, sie saugte einen Schwanz nach dem anderen, wobei ihr nicht nur einmal ein Spermastrahl ins Gesicht spritzte, weil sie nicht schnell genug war. Völlig erschöpft sackte sie zusammen, als sie die Runde beendet hatte, doch nur einen kurzen Moment gönnte sie sich Erholung. Am liebsten wäre sie hier unten sitzen geblieben, bis der Platz sich geleert und sie sich im Schutz der Dunkelheit hätte davonstehlen können, doch das ging nicht, und so kroch sie vorsichtig unter dem Tisch hervor, um die Männer an ihren Teil der Abmachung zu erinnern.

Die fünf hingen ebenfalls erschöpft auf ihren Stühlen. Sie sahen sich an, und der Wortführer bestimmte auch jetzt was zu tun war: «Klaus und ich bleiben hier und zahlen die Zeche, ihr bringt die Kleine mit ihrem Obst zu dem Laden, schließlich stehen wir zu unserem Wort, oder?» Die anderen stimmten zu, und so ging es endlich ihrem Ziel entgegen.

Einer der Männer öffnete die Ladentür und Alina trat mit ihren Begleitern ein. Diese stellten die Tüten neben einer Kommode ab und verabschiedeten sich schnell. Alina hatte das Gefühl, dass ihnen die ganze Sache jetzt doch ganz schön peinlich war.

Nun stand sie hier im Verkaufsraum, umgeben von antiken Möbeln, Bildern, Porzellan und allen möglichen Sammlerstücken und Kunstwerken, die einer entsprechenden Klientel mit einem gut gefüllten Konto sicher viel Freude bereiten würden. Die Anspannung fiel langsam von ihr ab. Ihre Blase machte sich nun drängender bemerkbar als zuvor, und sie hatte das Gefühl, keinen Schritt mehr machen zu können.

Aus einem Nebenraum kam in diesem Moment ein alter Mann, der ihr lächelnd entgegentrat und sie freundlich begrüßte. Sein Gang war etwas schleppend, doch ansonsten wirkte er noch ausgesprochen agil. Seine Augen, die hinter dicken Brillengläsern fröhlich zu ihr herüber lachten, streiften kurz ihre Gestalt. Den Mantel hatte sie unter dem Tisch wieder fest verknotet. Sein Blick blieb an den Orangentüten hängen.

«Wie ich sehe, ist meine junge Lieferantin ja doch noch gekommen. Gerade wollte ich bei meinem Freund nachfragen, wo du bleibst. Sei so gut und trage mir die Tüten nach nebenan, ich habe es im Rücken, das Bücken fällt mir schwer.»

«Gern, aber kann ich bitte vorher die Toilette benutzen?» «Du musst mit nach nebenan kommen, da kannst du die Tüten doch auch gleich mitnehmen!»

Alina bückte sich vorsichtig, mit beiden Händen nahm sie eine der Tüten auf und mit kleinen Schritten folgte sie dem Alten in den Nebenraum; schon spürte sie, wie etwas warm an ihren Beinen hinunterlief, sie konnte keinen Schritt weiter gehen. «Leg sie dort auf den Tisch!»

«Ich kann nicht mehr, wenn ich noch einen Schritt gehe, mache ich alles nass!» Alina brach in ein verzweifeltes Schluchzen aus und fühlte sich völlig hilflos.

«Na, na, nun beruhige dich mal, das ist kein Problem, mein Laden ist auch mit alten Haushaltsgegenständen gut bestückt. Ich habe da einen wunderschönen alten Nachttopf, den hol ich dir!»

Der Mann nahm ihr die Tüte aus den Armen. «Zunächst muss ich natürlich noch nachzählen!» In aller Ruhe entnahm er der Tüte die Orangen und begutachtete die Qualität, um sie dann ordentlich aufgereiht auf den Tisch zu legen. «Das wären schon mal zehn. Wo ist der Rest?» «Im Verkaufsraum steht noch eine Tüte!» Alina hätte ihm die Früchte am liebsten an den Kopf geworfen, er sah doch, dass sie nicht mehr einhalten konnte!

Schlurfend verschwand der Alte im Nebenraum, um kurze Zeit später mit der zweiten Tüte im Arm wieder an den Tisch heranzutreten und die Zählung fortzusetzen. «Das stimmt schon mal. Und nun zu dir. Den Mantel ziehst du besser aus, sonst beschmutzt du ihn noch!»

Beflissen machte er sich am Gürtel zu schaffen.

«Nein, nicht den Mantel!» Erschrocken hielt Alina seine Hände fest, woraufhin sie ein harter Blick des Mannes traf. Sofort ließ sie ihn wieder los und weiter gewähren.

«Ich helfe dir nur, du solltest dankbar sein!» Der Mann streifte den Mantel von ihrem Körper und warf ihn beiseite. Mit gemächlichen Schritten umrundete er Alina und betrachtete die junge Frau eingehend, wie sie mit zusammengepressten Beinen und vor Scham gesenktem Blick vor ihm stand.

«Heute ist zwar ein recht warmer Tag, aber so heiß doch nun auch wieder nicht. Du zeigst dich wohl gerne nackt. Was für eine schöne Kette du da hast, lass sie mich mal etwas näher anschauen!» Dicht trat der Alte vor Alina hin. Mit beiden Händen griff er nach der Kette, zog sie in die Höhe, drehte und wendete sie hin und her, bis Alina es nicht mehr ertragen konnte. Sie war kurz davor, laut los zu schreien. Da hob der Alte mit der rechten Hand ihr Gesicht und schaute Alina direkt in die Augen, während er mit der anderen Hand ruckartig die Busenkette abzog. Er kannte diese Kette sehr gut, hatte sie seinem Freund für diesen Auftritt nur ausgeliehen. Der Mann kicherte, als Alina nun tatsächlich laut aufschrie. Durch den unerwarteten Schmerz hatte sie ihre Blase total vergessen, erst als sie die kleine Pfütze sah, in der sie stand, wurde sie wieder peinlich daran erinnert.

Der Alte warf ebenfalls einen Blick darauf und verschwand, um kurze Zeit später mit einem gläsernen Nachttopf zurückzukommen. «Ein ausgefallenes Stück», verkündete er stolz. «Du wirst dich jetzt brav aufs Töpfchen setzen, bevor du eine noch größere Schweinerei machst!» Er stellte den Nachttopf ein gutes Stück vor sie auf den Boden und setzte sich ihr gegenüber auf einen Stuhl. Der Alte würde ihr beim Pinkeln zusehen! Welche Erniedrigungen musste sie denn noch durchstehen?

Alina schob ihre Füße Zentimeterweise vorwärts, wobei sie die Spitzen mit jedem Schritt etwas weiter nach außen stellte. In dem Moment, in dem sie die Beine spreizte und in die Hocke ginge, würde der Strahl unaufhaltsam aus ihr herausschießen, und dann musste sie über dem Topf stehen.

Weiter ging es nicht, Alinas Füße bildeten ein V, dazwischen stand der Topf. Gedankenfehler! So ging es gar nicht, sie musste sich umdrehen, um den Topf zu treffen, aber das schaffte sie nicht mehr!

Alina machte einen Ausfallschritt nach vorn, wobei der gelbe Strahl auf den Boden und den Rand des gläsernen Behälters spritzte. Indem sie in die Hocke ging, schob sie den Nachttopf unter ihre Körpermitte, und endlich konnte der Rest dieser Sintflut nun entspannt seinen Lauf nehmen, bevor er versiegte.

Ein Lichtreflex lenkte Alinas Blick zu dem Mann vor ihr und mit Entsetzen erkannte sie, dass er dieses entwürdigende Schauspiel gefilmt hatte, beziehungsweise noch immer dabei war, sie schaute direkt in die Kamera!

«Dein Herr soll sehen, wie schlecht erzogen du bist, nicht einmal in einen Topf kannst du pinkeln, ohne dich selbst und die ganze Umgebung zu beschmutzen! Du kannst seinen Zorn vielleicht etwas beschwichtigen, wenn du auf der Stelle alles sauber machst! Bring zuerst den Topf nach draußen, entleere ihn auf dem Hinterhof, dort ist die Tür!»

Alina nahm den reichlich gefüllten Nachttopf und schritt zur angewiesenen Tür. Ihre Hände zitterten und sie musste sich vorsehen, um nichts zu verschütten. Würde sich jemand in dem Hof befinden? Schauten Leute aus dem Fenster hinab? Die junge Frau holte tief Luft, bevor sie die Tür aufstieß und einen Schritt nach draußen trat. Es war niemand zu sehen, Gott sei Dank! Zu den Fenstern sah sie lieber nicht hinauf, es half ja doch nichts, sie würde nur ihr Gesicht zeigen. Alina wollte den Topf schnell ausleeren und blickte zurück, um den alten Mann zu fragen, wohin. Dieser filmte sie noch immer und schickte sie in die Mitte des Hofes, wo ein Rosenbusch ihren Urin gierig aufsog.

Schleunigst drehte Alina sich um und stürmte schnellen Schrittes zurück zur Tür, doch der Mann war fort und die Tür verschlossen. Was sollte das?! Alina rüttelte an der Klinke, doch sie gab nicht nach. War das überhaupt die richtige Tür? Zwei identische Türen lagen nebeneinander; war es doch die andere? Und wenn nicht? Wenn nun jemand anderes vor ihr stünde, wenn sie die Klinke herunterdrückte? Sie hätte schwören können, es sei die erste Tür gewesen. Aber warum ließ sie sich nicht öffnen? Verwirrt wandte sich Alina nun doch der anderen Tür zu, aber auch diese war verschlossen. Panik überkam sie.

«Wo bleibst du denn nur? Ich warte! Komm jetzt rein, wasch den Topf aus und reinige den Fußboden!» Alina schaute ihn ungläubig an. Doch die erste Tür, sie hatte es gewusst. Hatte sie geklemmt? Hatte Alina die Kline in der Hektik einfach nicht richtig heruntergedrückt? Oder war es Schikane, um ihr etwas Angst ein zu jagen? Sie würde es wohl nie erfahren.

Der Mann reichte Alina einen Wassereimer mit Putzlappen, und sie beeilte sich, seiner Aufforderung Folge zu leisten.

«Geben Sie mir jetzt bitte Nähzeug, damit ich die Knöpfe an den Mantel nähen kann?» Der Alte hatte die Kamera zur Seite gelegt, und bereitwillig kramte er Nadel, Garn und Schere hervor. «Für heute soll es genug sein, dein Herr erlaubt dir, dich zum Nähen nach vorn in den Laden zu setzen, wenn alles zu meiner Zufriedenheit ist; also nimm den Mantel und geh!

Wie du mit gespreizten Beinen vorhin auf dem Nachttopf gesessen hast, und ich zusah, wie der Sekt aus deiner Spalte floss, das war einfach geil. Setz dich zum Nähen wieder auf den Topf, ein letzter Gefallen, den du mir erweist, bevor der Taxifahrer kommt und dich nach Hause bringt!» Er schaute auf seine Uhr «Oh, er wird jeden Moment hier sein, also beeil dich!»

Mit diesen Worten trat er in den Verkaufsraum und stellte den Nachttopf so ab, dass er von der Eingangstür aus gut zu sehen war. Alina setzte sich widerwillig darauf und breitete den Mantel über ihre Beine, um möglichst schnell ihre Näharbeit zu beginnen.

«So nicht!» Der Mann trat auf sie zu und legte den Mantel neben sie, sie musste sich zum Nähen zur Seite drehen und nur das kleine Stück Stoff, welches sie gerade bearbeiten wollte, lag in ihren Händen. «Und spreiz die Beine ganz weit! Ja, so kann man deine Muschi deutlich sehen!» Der Alte stellte sich vor die Ladentür und nickte zufrieden.

Alina stach sich mehrmals in den Finger, ein Teil von ihr wollte in Windeseile fertig werden, um aus dieser Situation zu fliehen, sie dachte nur noch an den Taxifahrer, der sie eventuell gleich so sehen würde, oder dass Kunden durch die Tür traten! Doch einen anderen Teil von ihr machte dieser Gedanke wahnsinnig an, die gespreizten Beine, Alina sah sich mit den Augen des Eintretenden und spürte, wie sie wieder feucht wurde und der Saft aus ihrer Liebeshöhle tropfte. Ja, der Fahrer sollte jetzt zur Tür hereinkommen und sehen, wie geil sie war. Sie konnte nicht mehr still sitzen und rieb ihren Kitzler am Rand des Nachttopfes. Der Alte hatte mittlerweile wieder zur Kamera gegriffen und filmte. Alina wusste nicht mehr, wie ihr geschah, Himmel und Hölle! Sie war von ihren Gefühlen hin und her gerissen.

Als sie den letzten Faden abgeschnitten hatte, ließ sie den Mantel fallen und griff sich zwischen ihre Beine. Sie wollte jetzt kommen! Vor laufender Kamera!

«Nein! Wann du kommen darfst, das bestimmst nicht du! Steh auf und zieh dich an!» Alina hatte sich gerade bebend erhoben und ihren Mantel gegriffen, als die Tür geöffnet wurde und der Taxifahrer hereintrat. Es verschlug ihm schier die Sprache, als sein Blick auf die nackte Frau traf, die gerade dabei war, in einen Mantel zu schlüpfen. Dabei hatte er den Eindruck, sie setze ihren nackten Körper bewusst unnötig lange seinen Blicken aus und würde gleich auf ihn zulaufen, um sich ihm anzubieten.

Die Stimme eines Mannes lenkte ihn von der Frau ab.

Der Alte hatte die Kamera beiseite gelegt und wandte sich dem Taxifahrer zu: «Bringen sie diese ‹Dame› nach Hause! Aber passen sie auf, es würde mich nicht wundern, wenn sie ihnen an die Hose will!» Mit einem Blick in ihr Gesicht fuhr er fort: «Dieses geile Ding schreckt vor nichts zurück, mitten in meinem Laden will sie masturbieren und das Sperma von mehr als einem Mann trägt sie wie Creme im Gesicht!» Mit diesen Worten drückte er ihm einen großzügigen Geldbetrag in die Hand.

Alina wurde kreidebleich, sie hatte vergessen, die Sperma Spuren der Männer abzuwischen!

Der Taxifahrer starrte nun ebenfalls in ihr Gesicht. Angewidert rümpfte er die Nase. Alinas Erregung war wie weggeblasen, und nur noch tiefe Scham blieb in ihr zurück.

«Ich werde deinem Herrn Bericht erstatten, er wird sich gegebenenfalls bei dir melden ..., wenn er dich für würdig genug erachtet!» Der alte Mann drehte sich um. Sie war entlassen.

Die Taxifahrt überstand Alina mit letzter Kraft.

Als sie die Tür hinter sich geschlossen hatte, wankte sie ins Bad unter die Dusche, unter der sie lange stehen blieb, und dann zu ihrem Bett. Kraftlos ließ sie sich darauf fallen, zog die Bettdecke über sich und schlang die Arme um ihre angezogenen Knie.

Schutz – Geborgenheit – Wärme – Sicherheit

Die Erinnerung an ein Gefühl, vor langer, langer Zeit. Das Paradies? Warum hatte sie es verlassen müssen?

Versteinerte Embryonen im Mutterleib, sie hatte einmal davon gelesen, das Paradies!

Tränen rollten ihr über die Wangen, sie weinte, weinte und schluchzte immer heftiger. Krämpfe schüttelten ihren Körper, bis sie vor Erschöpfung eingeschlafen war. Nie, nie wieder würde sie sich auf diesen Mann einlassen, sollte er sich ruhig melden, sie würde ihn ignorieren!

So hatte ihr Verstand beschlossen, doch wollte ihr Körper das auch?

2. Im Licht

Deine Stimme befiehlt und ich gehorche
Deine Peitsche schlägt und ziert meine Haut
Deine Zähne verbeißen sich in meinem Fleisch
Dein Körper lässt meinen erbeben
Dein Wille ist mein Verlangen
Erhöre mich

Am nächsten Tag meldete Alina sich krank. Sie hatte beschlossen, erst einmal abzuwarten, ob sich jemand bei ihr melden würde, um sie auf den gestrigen Tag anzusprechen. Dann müsste sie sich etwas überlegen: Kündigung, Umzug ...

Sie ließ die vergangenen Ereignisse noch einmal Revue passieren:

Dieses Date hatte Alina sich völlig anders vorgestellt. Sie wollte Dominanz, ja. Doch sie wollte angefasst, geschlagen werden! Ihr Körper verlangte nach einer harten Hand, nach einer engen, ausschließlichen Beziehung zu einem dominanten Mann. Er sollte sich ganz und gar auf sie konzentrieren, und sie seine Macht spüren lassen, damit sie ihn mit ihrer Hingabe beeindrucken konnte!

Sie wollte nicht in der Öffentlichkeit stehen, sie brauchte Schutz, wollte, dass er auf sie aufpasste und sie leitete, damit sie sich völlig fallen lassen konnte, in seine Hände!

Nichts dergleichen hatte er getan! Eine kurze Berührung ihrer Brüste, nur um sie dann fort zu schicken, sie allein zu lassen, in einem Zustand ... nie hatte sie sich hilfloser gefühlt! Sich selbst hatte sie erniedrigt, in dem Bemühen, ihren Auftrag zu erfüllen. Wie konnte sie nur, sie verstand sich selbst nicht mehr!

Zu einem alten Greis hatte er sie geschickt, um sich auch von ihm demütigen zu lassen! Würde er sich überhaupt noch einmal bei ihr melden? Es konnte ihr ja egal sein, ihr Entschluss war schließlich gefallen!

Alina stürzte sich in Arbeit. Sie räumte den Kleiderschrank auf, wusch die Küchenregale und alle Schubladen aus, saugte, wischte alle Böden ...

Am Abend hielt sie es nicht mehr aus, sie schaute nach, ob er eine E-Mail für sie hinterlassen hatte, und tatsächlich, da war sie:

«Ich weiß, dass der gestrige Tag dir zugesetzt, und sicher nicht deinen Vorstellungen entsprochen hat, aber bevor ich dein Verlangen stille, muss ich sicher sein, dass du mir bedingungslos gehorchst! Du hast die Prüfung bestanden, ich bin bereit, mich dir zu widmen! Wenn du Demut lernen und dich mir hingeben willst, melde dich!»

Eine Feuerwalze schien durch Alinas Unterleib zu jagen! Sollten ihre Wünsche und Fantasien doch noch wahr werden? Sie hatte sich schon gegen ihn entschieden, aber nun lag der Fall doch wieder ganz anders, es war nur eine Prüfung, so etwas würde nicht noch einmal geschehen! – Oder?

Wenn er sie nur köderte, etwas ihre Bedürfnisse befriedigte, um sie dann, wenn sie völlig wehrlos und ohne Kontrolle über ihr Tun war, wieder zur Schau stellte? Er hatte es einmal getan, als sie sich noch gar nicht kannten, er also noch keine Macht über sie haben konnte; wie könnte sie seinem Bann widerstehen, wenn sie ihm erst einmal ganz gehört hätte? Wie weit würde sie sich manipulieren lassen, wo waren ihre Grenzen? Alina war sich selbst ein Rätsel! Erst mal eine Nacht darüber schlafen? Unsinn! Morgen früh wäre sie noch genauso zerrissen wie jetzt, die Entscheidung musste gleich gefällt werden! Und ehe Alinas Kopf zu einem Ergebnis kam, hatten ihre Hände schon die Tastatur bedient: «Ich bin bereit!»

In den folgenden Tagen musste Alina sich zwingen, ihre gewohnten Kontakte zu pflegen. Nachbarn, Kolleginnen, ihre Eltern und Freunde, mit allen sprach sie. Sie gab sich ganz ungezwungen, doch dabei achtete sie genau darauf, ob sie ihr gegenüber verändert auftraten. Es fiel verdammt schwer, und mehr als einmal hatte sie das Gefühl, ihr Gegenüber müsse etwas wissen! Doch sie hatte Glück gehabt, niemand hatte ihre Bloßstellung verfolgt!

Die Woche neigte sich dem Ende. Der Samstag kam näher. Der Abend lag vor ihr. Sie stand vor seinem Haus. Jetzt drückte sie den Klingelknopf und bebend vor Aufregung erwartete sie, dass er ihr Einlass gewährte. Die Adresse und den Termin hatte er ihr gemailt, mit dem Zusatz: «Stell dich ins Licht!»

Das Haus lag in einer noblen Wohngegend, Alina war beeindruckt. Als sie vor der Haustür stand, wurde sie immer nervöser. Was würde sie erwarten? Die Tür öffnete sich geräuschlos, niemand war zu sehen. Mit klopfendem Herzen schritt die junge Frau über die Schwelle, hinein in die Dunkelheit. Sollte sie nach einem Lichtschalter suchen? Ein schwacher Lichtschimmer lockte sie tiefer in die Wohnung hinein. *«Stell dich ins Licht!»* Nein, er wollte, dass sie sich von dem Licht führen ließ, und so tastete Alina sich den dunklen Flur entlang, mit jedem Schritt näher zu dem Ort, an dem ihre Sehnsucht nun endlich Erfüllung finden sollte. Endlich würde sie ganz und gar nur ihm gehören! Seine Macht, seine Lust, seine Dominanz, sie würden ihre Hingabe herausfordern bis zur Selbstaufgabe, wenn er es verlangte! Oh, sie wünschte sich so sehr, seine Züchtigung erdulden zu dürfen und somit seine ganze Konzentration in Anspruch zu nehmen.

Die Szenen in ihrem Kopf hatten Alinas Säfte so ausgiebig fließen lassen, dass ihr String schon völlig durchnässt war, als sie nach einer Biegung direkt vor jener Zimmertür stand, unter der ein heller Lichtstrahl hervortrat.

Alina blieb stehen und lauschte einen Moment. Von der anderen Seite war nichts zu hören. Sie nahm all ihren Mut zusammen und drückte langsam die Klinke hinunter.

Ihr Blick fiel auf eine Stelle, die hell ausgestrahlt war, eine Art Bühne. Davon abgesehen, lag der Raum völlig im Dunklen. Es war nicht auszumachen, wie groß er war, ob möbliert oder leer.

Langsam trat Alina ein und schloss die Tür hinter sich. Ihr Herz schlug bis zum Hals. Sie schritt über Parkett, würde sie laut rufen, so könnte die Akustik ihr Hinweise über den Raum geben, aber dazu fehlte ihr der Mut. Er musste hier sein und würde sich gleich zu erkennen geben. Aber wer sagte ihr, dass er allein war? – Diese Bühne! – Wie groß war der Raum? Wie viele Personen hielten sich hier auf? Wollte er sie wieder vorführen?

Raus hier! Forderte die Stimme der Vernunft. *«Stell dich ins Licht!»* Befahl ihr die Stimme der Lust. Und wie so oft im Leben unterlag die Vernunft auch in diesem Fall.

Eine Erregung machte sich in Alina breit, die ihre Liebeshöhle durchströmte und den Saft der Lust noch heftiger fließen ließ. Die Vorstellung von Zuschauern, die sie beobachteten, wenn sie auf der Bühne stand und masturbierte, sie war sich auf einmal sicher, dass er das von ihr erwartete, machte sie geil.

Es war etwas anderes als auf dem Marktplatz; dieses hier war privat, egal wie viele Menschen vielleicht dort saßen, sie waren hier um sie zu sehen, geleitet von ihrer Lust wie sie selber auch, Eingeweihte!

Und so schritt Alina erhobenen Hauptes ins Licht, um sich seinen Anweisungen zu unterwerfen. Ihr Gebieter hatte sie dieses Mal selbst entscheiden lassen, wie sie sich kleidete. Alina trug sexy Unterwäsche, einen roten String mit passendem BH, der die Brustspitzen frei ließ. Dazu hatte sie schwarze halterlose Strümpfe und darüber einen Minirock aus schwarzem Satin gewählt. Das dünne, enganliegende, rote Top zeichnete ihre üppigen Brüste detailgetreu ab. Alinas harte Brustwarzen, die sich aufreizend durch den Stoff drückten, mussten jedem Betrachter den Atem rauben.

Hüftschwingend trat sie in ihren Highheels auf die Bühne und positionierte sich wie ein Model auf dem Laufsteg. Er sollte stolz sein auf seine hinreißende Eroberung, sie wollte nicht wieder ein ängstliches Kaninchen sein, das ihn vielleicht langweilte, sondern eine Herausforderung seiner Dominanz.

«Ich sehe, du musst noch sehr viel lernen. So wirst du mir nicht noch einmal gegenübertreten! Wenn du gleich wieder den Raum betrittst, dann auf allen Vieren! Du wirst solange auf der Bühne knien, bis es mir gefällt, dir weitere Anweisungen zu geben. Und nun: Hinaus!»

Alina war wie vor den Kopf gestoßen. All ihre Selbstsicherheit war dahin. Schluchzend stolperte sie Richtung Tür, aus der sie fluchtartig hinausstürzte, nachdem sie sich eine Weile vergeblich an der Wand entlanggetastet hatte.

Mit leiser, sachlicher Stimme hatte er sie zurechtgewiesen, wie mit einem kleinen Kind zu ihr gesprochen, das vergessen hat, die Schuhe auf der Matte abzutreten. Sein zornig gebrülltes «Hinaus!» traf sie völlig unvorbereitet bis ins Mark.

Vor der Tür musste Alina sich erst einmal beruhigen. So hatte sie sich das nicht vorgestellt. Zum zweiten Mal innerhalb weniger Minuten, fochten ihr Verstand und ihr Körper einen entscheidenden Kampf miteinander aus.

Der Sog war einfach zu stark. Alina drückte noch einmal die Tür auf, um sich gleich darauf auf ihre Knie fallen zu lassen. Mit einem Fuß stieß sie die Tür vorsichtig wieder zu und kroch demütig zurück zur Bühne. Dort verharrte sie mit gesenktem Kopf. Die Minuten verstrichen. Er ließ ihr Zeit. Zeit, um sich darüber klar zu werden, was sie von dieser Beziehung erwartete. Sie hatte *ihn* gewählt, um sich *ihm* zu unterwerfen. *Seine* Rolle war die des Gebieters. Sie wollte es so, wie hatte sie das vergessen können? Hätte er sich von ihrem Auftritt beeindrucken lassen, so hätte er seine Macht verloren, sie hätte sich nicht mehr unterwerfen können, weil sie *ihre* Macht über ihn gespürt hätte.

Es war gut so, wie es war. Geduldig würde sie auch Stunden so knien. Jeden Schmerz und jede Demütigung konnte sie nun hinnehmen, wenn er es so wollte – weil *sie* es so wollte.

Alina war mit ihrer Rolle im Einklang. Ihr Wille zur Hingabe ließ ihren Gebieter endlich zu ihr sprechen:

«Du bist bereit!» Seine Stimme war gütig, er schien zufrieden, und das machte Alina unendlich glücklich. «Steh auf!»

Alina gehorchte. Er befand sich vielleicht zwei bis drei Schritte von ihr entfernt. Die Stimme klang gedämpft, der Raum war offenbar möbliert und nicht allzu groß.

«Zieh dich langsam aus, erst das Top, dann den Rock!»

Seine Stimme war hinter, dann neben ihr. Er umrundete sie.

«Jetzt den Slip! – den BH! – Berühr dich an den Körperstellen, an denen du mich spüren willst!»

Er sollte sie überall anfassen. Jeder Zentimeter Haut verlangte danach. Alina streichelte ihr Gesicht. Sanft glitten ihre Finger über die

Lippen, um an ihrem Hals abwärts zu wandern, zwischen ihre Brüste, die sie umkreisten, langsamer, je näher sie den Zentren kamen. Groß und hart standen ihre Brustwarzen hervor, gierig nach Berührung! Alina konnte und wollte ein Stöhnen nicht unterdrücken, als ihre Zeigefinger die Spitzen berührten. Zwei Punkte, Zentren der Lust! Mit den flachen Handtellern rieb Alina über ihre Knospen, als er ihr energisch Einhalt gebot.

«Stopp! Bist du die Frau ohne Unterleib? Aber gut, wie du willst, also nur der Busen!»

«Nein! Ich möchte Sie überall spüren!» Alina ließ ihre Hände am Körper hinabgleiten, eine versank zwischen ihren Schamlippen, die andere strich über den Po.

«Bück dich, damit ich genau sehen kann!»

Alina spreizte die Beine und klappte ihren Oberkörper so weit hinunter, dass ihr Kopf beinahe den Boden berührte. Dabei drückte sie mit den Armen ihre Brüste zusammen. Ihre rechte Hand stieß sie in ihre Liebeshöhle, wobei sie mit dem Daumen fortwährend ihren Kitzler stimulierte. Ab und zu tauchte die Hand wieder auf, um über ihren Anus zu streichen, er sollte keine Körperstelle auslassen. Die Finger der linken Hand spreizte sie und rieb mit Daumen und Mittelfinger die Knospen ihrer hervorstehenden Brüste.

Alina stöhnte, wobei die Tatsache, dass jede Körperstelle hell angestrahlt und von fremden Augen beobachtet wurde, ihr einen ganz besonderen Kick bescherte.

Sie war kurz vor einem Orgasmus, als sie ein zischendes Geräusch wahrnahm, das mit einem Luftzug einherging.

«Die Peitsche hinterlässt schöne rote Striemen auf deiner Haut, an empfindlichen Stellen würdest du sie allerdings kaum ertragen! Wo willst du sie spüren?»

Alina riss ihre Hände weg, um sie auf ihre Pobacken zu legen. Sie zitterte vor Erregung, wollte, dass er sie schlug, ja, jetzt, aber doch nur auf Po und Rücken!

«Masturbiere weiter!» Alinas Hände rieben weiter ... jetzt würde sie kommen! «Du möchtest die Peitsche spüren und du hast besondere

Härte verdient! Wie konntest du es wagen, kaum dass du mich verlassen hast, mit anderen Männern herumzuhuren? Du willst mir gehören und hältst es keine fünf Minuten aus?

Wohin die Peitsche? ... Mach weiter! ... Wohin die Peitsche? ... Weiter! ... Peitsche! ... Weiter! ...»

Alina konnte die Befehle und die Bewegungen ihrer Hände nicht mehr koordinieren. Ihr ganzer Körper vibrierte – vor Erregung! Vor Angst! Jeden Moment erwartete sie den grausamen Schmerz – auf ihrem Kitzler – ihrem Anus – ihren Brustwarzen?! Die zarte Haut würde aufplatzen, das war einfach zu viel!

«Nein!» Alina schrie, nein, sie brüllte, als der erste Hieb sie traf.

Ein zweiter, dritter! Die Peitsche surrte auf Alina herab! Wilde Zuckungen durchliefen ihren Körper, der zusammengekrümmt auf dem Boden liegen blieb.

Sanfte Hände strichen zart über ihren geschundenen Rücken.

«Steh auf!» Seine Stimme war leise und zärtlich. Als sie vor ihm stand, küsste er sie sanft auf die Stirn, nahm sie in die Arme und trug sie zu einem breiten Bett. Er legte sie vorsichtig ab, und füllte ein Glas mit Wein. Alina kniete sich hin, um zu trinken, an Sitzen war vorerst nicht zu denken. Er hielt ihr das Glas an die Lippen, und während sie in kleinen Schlucken den kühlenden Rebensaft genoss, ließ sie ihren Blick durch den Raum schweifen. Also doch keine Zaungäste, Alina war beinahe etwas enttäuscht.

Die Strahler waren jetzt ausgeschaltet. Lediglich der Schein einer einzelnen Kerze, die neben dem Bett auf einem kleinen Tischchen stand, ließ die Konturen ihrer Umgebung erahnen.

Das Bett, in dem sie kniete, war schmiedeeisern. In ihrer Fantasie sah Alina sich gefesselt dort liegen in den großen Spiegel schauend, der an der Decke darüber hing.

Dem Bett gegenüber befand sich eine freie Fläche, ihre Bühne! Ein großer, bis fast auf den Boden reichender Spiegel schmückte die Wand, ansonsten konnte sie lediglich eine Kommode ausmachen, die sich rechts, neben der Tür zum Flur, an die Wand schmiegte.

Ein Fenster links des Bettes war von einem schweren Vorhang verdeckt. Gegenüber der Flurtür führte eine weitere Tür vermutlich ins Bad, oder einen Ankleideraum? In diesem Raum jedenfalls wurde keine Kleidung aufbewahrt, vielleicht diente er nur lustvollen Spielen? Was mochte sich wohl in der Kommode verbergen?

«Leg dich auf den Bauch!» Seine Stimme holte sie zurück ins Bett und gehorsam legte sie sich nieder.

Er kniete sich mit gespreizten Beinen über sie und ließ seine Hände langsam von den Schulterblättern abwärts bis über ihre Pobacken gleiten. Die Berührung der wunden Haut schmerzte Alina, doch gleichzeitig hatte sie das Gefühl, eine nie gekannte Zärtlichkeit zu empfangen. Seine sanften Finger, die so vorsichtig über ihren Körper glitten, gaben ihr eine Geborgenheit, ein Gefühl, das ganz tief im Unbewussten, jenseits ihres Erinnerungsvermögens abgespeichert war.

Alina gab sich seinen Händen hin, ganz und gar, mit ihrem Körper, ihrer Seele, ihrem Geist. Sie wollte ihm alles geben, was ihr zu geben möglich war, einem Mann, von dem sie absolut nichts wusste. Er hatte mit ihrer Angst gespielt! Sie konnte nicht wissen, ob er so weit gehen würde, ihre sensibelsten Körperteile zu martern, woher? Ihm ganz zu vertrauen, das musste Alina erst lernen.

Er hatte sie verschont. Die Peitschenhiebe hatte er gezielt dicht neben ihre empfindlichsten Stellen platziert, um dann ihren Rücken, Po und Oberschenkel mit einem roten Netzwerk zu versehen. Ein Muster nur. Es war kein Blut geflossen.

Er hatte ihr das gegeben, wovon sie schon lange geträumt hatte, nur dass es in ihren Wunschträumen keine Angst gab, dort hatte sie sich den Schlägen hingegeben, in der Gewissheit, dass ihr Gebieter diese Grenze einhalten würde. So fühlte es sich also an.

«Was empfindest du jetzt?»

Alina musste nicht nachdenken. «Ich fühle mich geborgen, sicher. Das Gefühlschaos, die Angst, die ich noch vor wenigen Minuten hatte, als ich dachte, jetzt zerfetzt du mich, hat sich ins Gegenteil gekehrt. Ich bin erfüllt von so viel Zufriedenheit und Glück in sexueller Hinsicht wie auch in meiner Seele. Ich kann es gar nicht so intensiv beschreiben, wie ich es empfinde.

Als der erste Hieb so dicht neben meinem Poloch ins Fleisch traf, die Spitze noch meine Schamlippe streifte, da hatte ich trotz, oder wegen(?) des Schmerzes, der Panik, einen Orgasmus, wie niemals zuvor. Ich war überzeugt, du hättest mitten hinein geschlagen!»

«Ich habe dich dieser Angst ausgesetzt, um deine Bereitschaft zur Hingabe weiter zu testen. Du hättest aufhören und hinausrennen können; das wäre es dann gewesen. Aber du hast dich trotz deiner Angst weiterhin meinem Willen unterworfen. Du bist ein Juwel und verdienst es, von mir geschliffen zu werden. Ich werde dir viel zumuten, denn du willst deine Grenzen ausloten und die sind in weiter Ferne. Aber ich mute dir nicht mehr zu, als du ertragen kannst, darauf kannst du dich verlassen.»

Alina lag ganz entspannt auf dem großen Bett, spürte seine Hände, hörte seine Worte und war einfach nur glücklich.

Ja, ja, sie wollte bei ihm bleiben, wollte, dass er sie führte, weiter, weiter, wer weiß wohin? Wo waren ihre Grenzen?

«Dein ‹Vergehen› auf dem Markt sagt einiges über dich aus. Zum einen bist du bereit, Wege zu suchen und auch zu finden, um meine Anordnung zu befolgen. Dass du es gern mit mehreren Männern treiben möchtest, kann ich aber auch daraus folgern, und es erregt dich, den Blicken anderer ausgesetzt zu sein, oder irre ich mich da?»

«Ich habe mich in Grund und Boden geschämt, als ich meinen nackten Körper den fremden Leuten darbieten musste, aber gleichzeitig hat es mich wahnsinnig erregt, es hat mir einen ordentlichen Kick gegeben. Unter den Tisch zu kriechen und den Männern einen zu blasen, war mir ebenfalls furchtbar peinlich, ich habe keine andere Möglichkeit gesehen, in dieser Situation, ich brauchte ihre Hilfe, und das war der Preis. Aber ich muss gestehen, es hat mich genauso geil gemacht.»

«Nun, wir werden herausfinden, wie weit du gehen wirst.

Jetzt dreh dich erst mal auf den Rücken, du sollst auch eine Erinnerung an meinen Körper mit nach Hause nehmen!»

Alina drehte sich vorsichtig um, und stellte fest, dass er sich inzwischen seiner Kleidung entledigt hatte und nackt neben dem Bett stand. Ihr Blick wanderte von den muskulösen Beinen langsam aufwärts, um gleich von seinem erwartungsfroh aufgerichteten Glied gefangen genommen zu werden.

Wenn der Schmerz auch ein Mittel zur Steigerung ihrer Lust war, so sollte er doch im Rahmen bleiben, was ihren Unterleib betraf. Beruhigt stellte sie fest, dass sie diesbezüglich keine Angst zu haben brauchte, ein großer Penis konnte ziemlich schmerzhaft sein, wenn der Besitzer sich rücksichtslos verhielt. Diese Erfahrung hatte sie schon machen müssen.

Das Schamhaar war kurz geschoren, doch oberhalb seiner schlanken Taille, lockte sich ein dichtes Vlies über seine Brust.

Sein kräftiges, grau meliertes Haar, das widerspenstig vom Kopf abstand, sowie der gepflegte Vollbart und sein schmales Gesicht hatten ihr schon am ersten Tag gefallen. Nun schaute Alina in seine klaren, braunen Augen, die sie unentwegt fixierten, und in denen sie nun regelrecht versank.

«Ich weiß noch gar nicht, wie ich dich nennen soll. Mein Gebieter, Herr, oder wie?»

«Du nennst mich beim Namen, Jens!»

Mit diesen Worten legte er sich auf sie, und Alina atmete seinen markanten männlichen Duft ein.

Jens ließ Alina die Pfosten des Bettes umklammern, ihre Beine spreizen und die Augen schließen. Diese Stellung hatte sie unverändert beizubehalten.

Er bemächtigte sich ihres Mundes, stieß seine Zunge tief hinein, um sie jeden Winkel von Alinas Mundhöhle erforschen zu lassen, dann saugte er an ihrer Zunge, bis sie befürchtete, er würde sie verschlucken.

Jens biss in ihre Lippen und zog sie lang wie ein Wolf, der ein Stück Fleisch von seiner Beute reißt.

Alina schrie auf, doch da hatte er sich auch schon ihrer Brustwarzen angenommen, und malträtierte sie in ähnlicher Weise. Plötzlich ließ er von ihr ab. Jens rollte sich zur Seite und betrachtete die junge Frau.

Bebend lag sie vor ihm. Alina schien nur noch aus Brustwarzen und Lippen zu bestehen, so intensiv spürte sie diese Körperstellen nun. Berühr mich weiter, fass mich an! Schrie es in ihr, doch kein Wort kam über ihre Lippen, sie wusste instinktiv, dass es ihr nicht zustand, Wünsche zu äußern.

Nach endlosen Minuten, die sie fast in den Wahnsinn trieben, spürte sie eine Feder sanft an den Innenseiten ihrer Schenkel entlangstreichen, langsam aufwärtswandernd, erst am rechten, dann am linken Bein. Von dort führte der Weg der Feder an der linken Leiste weiter aufwärts, um den Nabel herum und auf direktem Wege wieder hinunter. Er zwirbelte sie kurz über ihrem Kitzler, bevor er sie ihre Spalte viermal auf- und abstrich. Je vier Runden um ihre Nippel, bevor er auch diese mit einem Zwirbeln der Federspitze reizte. Zum Abschluss strich er viermal über ihre leicht geöffneten Lippen. Diese Handlung wiederholte Jens in der stets gleichen Weise, bis Alina vor Verlangen nicht mehr still liegen konnte. In Erwartung der Feder drückte sie die betreffende Körperstelle seiner Hand entgegen, immer und immer wieder. «Nimm mich bitte, bitte!» Sie konnte nicht mehr schweigen und warten, sie hielt es einfach nicht mehr aus.

Die Feder war verschwunden, sie spürte nichts mehr. Nichts! Alinas Körper schrie nach Berührung, alles, wirklich alles wollte sie ertragen, nur nicht länger diese unmenschliche Leere!

«Mach die Augen auf und leck mich!»

Sie spürte Jens über sich, als sie die Augen aufschlug. Er saß praktisch auf ihrem Gesicht, und sie konnte nur eingeschränkt durch die Nase atmen. Sofort streckte sie ihre Zunge heraus und zwängte sie in die enge Öffnung über ihrem Mund. Alina zog ihre Zunge zurück, um sie gleich wieder vorzustoßen und kreisend tiefer vorzudringen, tiefer in diesen dunklen, engen Kanal, dessen Massage ihren Gebieter zu lustvollem Stöhnen brachte, was Alina wiederum in dem Versuch bestärkte, noch tiefer vorzudringen.

Nach einer Weile stieg er von Alina herunter. «Dreh dich um! Auf die Knie und spreiz die Beine!» Alina gehorchte, und kaum hatte sie die gewünschte Stellung eingenommen, spürte sie Jens Glied tief in ihre Liebesgrotte vorstoßen. Mit aller Kraft seines muskulösen Körpers drang er immer wieder in sie ein, erst nur sein Penis in ihre Scheide, dann auch sein Finger in ihren Po.

Alina brachte all ihre Kraft auf, um ihm genügend Widerstand bieten zu können.

Vor, zurück, vor, zurück ... nachdem ihr Anus etwas geweitet war, übernahm sein Schwanz diese Aufgabe. Langsam drückte Jens ihn tief in Alinas Enge, zog ihn zurück, um beim nächsten Stoß noch tiefer vorzudringen. Alina wimmerte vor Schmerz, doch es war gut so. Mit dem Schmerz konnte sie sich ihm ganz und gar hingeben, sie gehörte ihm, war ihm vollkommen ausgeliefert und das genoss sie.

«Dreh dich wieder um und knie dich hin!»

Auch Jens kniete nun. Er packte Alina an den Haaren, drückte ihren Kopf nach unten und rammte seinen Schwanz in ihren Mund. Bis an den Gaumen stieß er, immer schneller, immer heftiger! Alina glaubte zu ersticken, als er sein Glied endlich herauszog und ein heißer Strahl ihr Gesicht benetzte.

«Streck die Zunge raus!» Jens rieb und spritzte seinen Saft auf ihre Zunge, Lippen ... ihr Gesicht war von seinem Sperma überzogen, als sein Vorrat endlich aufgebraucht war.

Mit seinen Händen massierte Jens den Saft in Alinas Haut. «Eine hervorragende Hautcreme!», meinte er grinsend, und für Alina war es ein kostbares Geschenk.

Einige Minuten blieben sie schweigend nebeneinander liegen, bevor Jens unter die Dusche sprang. Alina durfte sich heute nicht mehr waschen, seinen Geruch sollte sie bis zum nächsten Morgen mit sich tragen.

Sie zogen sich an, und Jens fuhr sie dieses Mal selbst nach Hause. «Ich melde mich wieder bei dir! Geh jetzt!» Alina hätte ihn gerne zum Abschied geküsst, doch eine solche Eigeninitiative stand ihr nicht zu. Sie stieg aus und kaum hatte sie sich abgewandt, hörte sie ihn mit aufheulendem Motor davonbrausen.

Die Eindrücke dieses Abends beschäftigten Alina noch lange Zeit. Am Ende dieses Tages ging sie glücklich zu Bett. Jede Stelle Ihres

Körpers schmerzte, so dass Alina in ihren Träumen das Erlebte noch einmal intensiv durchspielen konnte, so real, als wäre er wieder bei ihr.

Die Striemen auf ihrem Rücken würden noch lange Zeit zu sehen sein, Sauna- und Schwimmbadbesuche konnte sie zumindest in der nächsten Woche streichen, doch was sie dafür erleben durfte, war diesen Verzicht auf jeden Fall wert.

3. (a)sozial

Durch Gitterstäbe voller Abscheu spähen
Von Gitterstäben wohl behütet sein
Doch Gitterstäbe halten nur die Körper draußen
Die Dünste schweben leicht herein

Der Alltagstrott in der Zahnarztpraxis lenkte Alina tagsüber ab, wenngleich sie bei jedem neuen Patienten die Befürchtung hatte, er könnte sie auf dem Platz gesehen haben. Doch im weißen Kittel, mit zusammengebundenem Haar und Brille, würde er sicherlich keine Verbindung zu ihr herstellen.

Kaum dass sie nachmittags in ihrer kleinen Wohnung angekommen war, sah sie als Erstes nach, ob Jens sich wieder gemeldet hatte. Doch dieses Mal ließ er sich Zeit.

Vier Wochen musste Alina überstehen. Während dieser Zeit verließ sie ihre Wohnung nie für längere Zeit. An den Wochenenden nahm sie sich überhaupt nichts mehr vor, nur wenn es sich gar nicht vermeiden ließ, ging sie hinaus. Alina wollte sofort zur Stelle sein, wenn eine Meldung von ihm eintraf.

Kolleginnen, mit denen sie sonst häufig die Samstagabende unterwegs war, fragten ständig nach, ob es da jemanden gäbe, doch da Alina eine Beziehung leugnete und nur fadenscheinige Ausreden hatte, wichen diese freundschaftlichen Beziehungen bald einer rein kollegialen Ebene.

Ihre Eltern, bei denen sie für gewöhnlich sonntags zu Mittag aß, um dann den Nachmittag mit ihnen zu verbringen, reagierten bald verärgert, weil sie kurz nach dem letzten Bissen bereits zur Uhr sah und mit immer neuen Ausreden gleich darauf verschwand. Auch sie vermuteten einen Verehrer, doch wie hätte Alina von ihm erzählen können?

Immer mehr distanzierte sich die junge Frau von all den Menschen, die ihr bisher so wichtig gewesen waren.

Die Striemen auf Po und Rücken waren bereits verschwunden, als sie endlich die lang ersehnte Nachricht in ihrer Mailbox fand:

«Samstag, zwanzig Uhr. Sei bereit!

Du wirst einer außergewöhnlichen Herrenrunde eine heiße Show bieten. Kleide dich wie bei unserem letzten Zusammensein und übe schon einmal einen Striptease. Danach sollst du ihnen natürlich noch richtig einheizen. Mach dich besonders hübsch und verführerisch. Ich hole dich persönlich ab!»

Aufgeregt starrte Alina auf die wenigen Zeilen. Endlich war es wieder so weit. Dieses Mal sollten ihr tatsächlich fremde Männer zusehen, wie sie sich auszog und selbst befriedigte. Besonders hübsch sollte sie sich machen, es musste schon eine exquisite Gesellschaft sein. In ihrer Fantasie sah sie sich auf der Bühne eines Nachtklubs strippen, ihren Körper streicheln, ihre Brüste und ihren Unterleib zur Schau stellen, um sich neckisch wieder zu entziehen, wenn erregte Männer ihre Hände nach ihr ausstreckten, um sie zu berühren. Sie hörte schon die Rufe, die sie zum Höhepunkt trieben, schneller, lauter, im Rhythmus ihrer zustoßenden Hand, um sich in einem Crescendo mit ihrem ekstatischen Schrei zu vereinen, wenn der Orgasmus sie überwältigte.

Heute war Mittwoch, diese und noch zwei weitere Nächte musste sie durchstehen! Die Tage waren nicht das Problem, es gab genug zu tun, aber diese teuflisch langen Nächte, in denen das Verlangen sie überkam, das sie alleine nicht stillen konnte.

Die Abende verbrachte Alina mit Strippen. Vor dem großen Spiegel im Schlafzimmer ließ sie bei sinnlicher Musik auf verführerische Weise ihre Hüllen fallen, um sich anschließend dabei zuzusehen, wie sie es sich selbst besorgte. Jeden Abend änderte sie ihr Programm ein wenig ab und, obwohl sie mit der Vorführung ganz zufrieden war, sie selbst fand bei ihren Spielen nur minimale Befriedigung.

Zäh zogen sich die letzten Stunden des Samstagnachmittags dahin. Als Punkt zwanzig Uhr die Türglocke anschlug, stand Alina schon erwartungsfroh hinter der Tür. Der berauschende Duft eines kostspieligen Parfums hüllte ihren verführerischen Körper ein und eilte ihr voraus, den Mann ihrer Träume zu betören.

Wie erhofft, war Jens von ihr begeistert.

«Du wirst deine Show in einem Käfig vorführen, du hast so etwas sicher schon in Nachtklubs gesehen. Ich bin wirklich froh, dass ich ihn ausgewählt habe, du bist tatsächlich die reinste Versuchung, für Augen, Nase und Hände ... gut dass du eingesperrt sein wirst, sonst könnte ich für nichts garantieren!»

Alina war stolz auf sich. Er fand sie also hinreißend, so hinreißend, dass auch diese Herren von ihr begeistert sein würden.

Jens ließ sie in seinen Wagen steigen und brauste mit ihr davon. «Du wirst den Männern schön einheizen. Reib deine Kleidung zwischen deinen Beinen, bevor du sie ihnen durch die Gitterstäbe zuwirfst. Zeig ihnen, wie heiß sie dich machen. Streng dich an, sonst werde ich das Schloss öffnen!» Den letzten Satz hatte Jens ihr augenzwinkernd zu geflüstert, doch sie wusste, es war durchaus ernst zu nehmen.

Sie würde ihnen schon einheizen, das war mal klar, denn Alina war selbst schon heiß wie Lava.

Die Gegend in die Jens nun fuhr, war alles andere als vornehm, doch Nachtlokale lagen wohl in der Regel in eher heruntergekommenen Bezirken. Alina war noch nie in einem solchen Etablissement gewesen, sie kannte Stripteaselokale nur aus dem Fernseher. Dort hatte sie auch besagte Käfige gesehen, in denen Tänzerinnen aufreizend ihren Körper zur Schau stellten und von Männern bewundert wurden, die Whisky tranken und teure Havannas rauchten.

In einem Hinterhof stellte Jens den Wagen ab und stieg mit Alina aus. Dem Kofferraum entnahm er eine Decke, in die er Alina vollkommen einhüllte. «Du sollst eine Überraschung sein, niemand darf dich vorher sehen.» Mit diesen Worten führte er die erwartungsfrohe junge Frau durch einen kahlen Flur in den Gemeinschaftsraum des Wohnheimes.

Es hatte sich schnell herumgesprochen, dass ein Wohltäter ihnen eine heiße Show bieten wolle, und so hatte man den Gemeinschaftsraum von allem möglichen Mobiliar freigeräumt, um möglichst vielen Gästen Platz zu bieten. Nachdem ein großer Käfig aufgestellt worden war, durfte niemand mehr den Raum betreten. Wenn es losginge, würden sie benachrichtigt und hineingelassen werden.

In der Mitte des Raumes stand der mittlerweile verhüllte Käfig, in den Alina nun hineintrat. Jens nahm ihr die Decke ab, und im schummrigen Licht schätzte Alina die Ausmaße ihrer Bühne ab.

Sie musste ihre Arme weit ausbreiten, um die Gitterstäbe zu umfassen. Der Käfig bot ihr reichlich Bewegungsspielraum.

«Ich verschließe jetzt den Käfig. Denk daran, was ich dir gesagt habe. Die Gäste werden gleich hereingelassen und dann wird dein Käfig enthüllt. Mach dich auf eine stürmische Begrüßung gefasst. Ich werde übrigens nicht anwesend sein, aber über einen Monitor alles verfolgen. Später hole ich dich wieder ab. Viel Erfolg!» Mit den letzten Worten ließ Jens den Schlüssel in seine Hosentasche gleiten und verließ zügig den Raum.

Diesen Teil der Aufnahmekriterien hatte er geschickt gelöst.

Jens hatte schon lange davon geträumt, in den Kreis der «Eingeweihten» aufgenommen zu werden. Ein Geschäftspartner schwärmte immer wieder von den berauschendsten Festen. Orgien mit Frauen, die zu allem – zu allem! – bereit waren und bereit sein mussten! Frauen, die Dominanz suchten, Lust durch Unterwerfung erfuhren. Manche genossen tatsächlich selbst die perversesten Praktiken, andere gehorchten ihren Herren, denen sie hörig waren und deren Forderungen sie sich nicht entziehen konnten. Es sollte aber auch Frauen geben, die gegen ihren Willen gefangen gehalten wurden und die man mittels drastischer Strafen gefügig machte. Aber darüber wurde nur hinter vorgehaltener Hand gesprochen, offiziell machten alle Frauen freiwillig mit.

Um in diesen Kreis aufgenommen zu werden, musste der Anwärter wenigstens eine Sklavin besitzen, die bei Zusammenkünften selbstverständlich allen zur Verfügung stand. Des Weiteren musste er natürlich über ausreichende finanzielle Mittel verfügen, um so ein Fest, bei dem es an nichts fehlen durfte, auch finanzieren zu können. Da man als eine der Oberschicht angehörige Person im Focus der Öffentlichkeit stand, war es selbstverständlich, soziale Projekte und Ähnliches zu finanzieren. Man fühlte sich einfach besser, als Wohltäter der Gesellschaft geachtet zu werden. Auch das war ein unumstößliches Aufnahmekriterium.

Nun, der Sklavin war Jens sich ziemlich sicher. Nach diesem Abend würde er sie erst einmal wieder ordentlich verwöhnen, er wusste, wie er sie abhängig machen konnte.

Die Finanzen waren da schon eher ein Problem, er sparte schon seit Langem für ein entsprechendes Fest. Da es ihm ebenfalls noch an Macht und Einfluss mangelte, würde es nicht leicht werden, den Zirkel zu überzeugen; doch Alina war zum Anbeißen, er setzte alle Hoffnung auf sie.

Die Wohltätigkeiten betreffend, musste es doch möglich sein, auch ohne hohe Kosten etwas zu organisieren, Jens hatte lange darüber nachgedacht. Die Idee kam ihm, als er wieder einmal mit besagtem Geschäftsfreund in einem Stripplokal saß und auf das sich rekelnde Mädchen im Käfig schaute.

Zugegeben, der Einfall war etwas unorthodox, doch argumentieren war Jens' Stärke. Warum sollten diese Männer nicht auch einmal in den Genuss kommen, eine Stripteaseshow zu erleben? Warum musste sich Hilfe für diese Leute im Einrichten von Suppenküchen erschöpfen? Wenn du sie fragtest, was glaubst du, wäre ihnen lieber? Mit Geschick überredete Jens seinen Partner, ein gutes Wort für ihn ein zu legen. Mangelnde Finanzen machte er durch Kreativität wett.

Als er endlich das Einverständnis der «Eingeweihten» erhielt, es mit ihm zu versuchen, machte sein Herz einen großen Sprung, er hatte es tatsächlich so gut wie geschafft!

Den Käfig konnte er sich mit der Zusicherung, Alina hin und wieder kostenlos zur Verfügung zu stellen, für einen Abend ausleihen. Die Genehmigung, diese Veranstaltung in einem Wohnheim für Obdachlose stattfinden zu lassen, erforderte schon ein höheres Maß an Überredungskunst, doch auch das gelang ihm schließlich. Nur noch wenige Wochen, dann sollte sein großes Debütantenfest starten, die Vorbereitungen liefen bereits auf Hochtouren.

Aufgeregt lauschte Alina auf das Einsetzen von Stimmengewirr, da war es! Dumpf drang die Ansprache eines Mannes an ihr Ohr, während im Hintergrund Gelächter und ungeduldige Rufe zu vernehmen waren. Einzelne Worte konnte Alina nicht verstehen, die Abdeckung des Käfigs war dick und schluckte einen Großteil der Geräusche. Die Luft darunter war auch nicht vom Feinsten, und so erwartete auch Alina ungeduldig ihre Enthüllung.

Es war soweit! Der Überwurf wurde mit einem Ruck heruntergezogen und die Menge begann zu toben.

Alinas Augen mussten sich erst an das Licht gewöhnen, doch ihre Nase wurde augenblicklich mit den Ausdünstungen konfrontiert, die nun ungehemmt zu ihr herüberdrangen. Eine Mischung aus altem Schweiß, billigem Fusel und Urin stach erbarmungslos in ihre Nase. Ein Großteil der Männer, die sich nun um den Käfig drängten, nutzte nicht die Annehmlichkeiten des Wohnheimes wie Dusche und Waschmaschine, sie lebten ausschließlich auf der Straße und hatten sich nur für diese Vorstellung hier eingefunden.

Alina war geschockt. Wie konnte er ihr das antun?! Schön machen sollte sie sich. Ein teures Parfüm hatte Alina sich eigens besorgt. Sie fühlte sich so vollkommen gedemütigt, auf eine Art und Weise, die mit ihren sexuellen Wünschen absolut gar nichts zu tun hatte. Hier gab es keine Lust. Es war einfach nur widerlich!

Gierige Hände griffen in den Käfig und zerrten an ihrer Kleidung. Andere versuchten, ihr Haar zu greifen, um sie näher an ihre Seite zu ziehen. Bei jedem Versuch dem einen auszuweichen, warf sie sich automatisch in die Hände anderer lüsterner Männer.

«Stopp!» Alina stemmte ihre Beine in der Mitte des Käfigs auf den Boden und verschränkte die Arme vor der Brust. «So geht das nicht, wenn ihr einen Striptease sehen wollt, dann müsst ihr mich in Ruhe lassen und einen Schritt vom Käfig zurücktreten. Sonst fällt hier *kein* Kleidungsstück!»

Alina warf einen strengen Blick in die Runde, und tatsächlich kehrte allmählich Ruhe ein und die Meute gab den Käfig frei.

Sie atmete auf. Nur zu genau hatte Alina noch Jens' Worte im Ohr: *«Streng dich an, sonst werde ich das Schloss öffnen!»*

Langsam begann Alina ihre Hüften kreisen zu lassen, während ihre Arme über dem Kopf tänzelten. Ihre schweren Brüste waren nun ungehindert den Blicken der Männer ausgesetzt und wider Erwarten spürte Alina nun doch ein Kribbeln auf ihrer Haut. Ihre Brustwarzen zogen sich zusammen und drückten spitz gegen den Stoff des Tops. «Ausziehen! Ausziehen!»

Unter den Männern kam wieder Unruhe auf, die Gemüter erhitzten sich, jeder wollte einen guten Standort, um nichts zu verpassen. Immer eindringlicher schallte die Aufforderung durch den Raum, so dass Alina endlich den Saum des Hemdchens griff, um ihn extrem langsam hinauf und über ihren Kopf zu ziehen.

Sie drehte sich immer wieder im Kreis, damit jeder sie betrachten konnte.

«Jetzt den Rock! Den Rock! Den Rock!» Im Rhythmus ihrer Rufe klatschten die Obdachlosen in die Hände und auf ihre Schenkel.

Alina hielt das Top mit den Zähnen fest, und während sie die kreisenden Bewegungen ihrer Hüften fortsetzte, ließ sie ihre Hände langsam über Hüften und Po gleiten, hinab – hinauf ... mit einem Abwärtsstreichen zog sie den Reißverschluss hinunter und schob nun Stück für Stück den Rock ein wenig tiefer, bis er keinen Halt mehr fand und zu Boden sank.

«Weiter machen! Runter mit dem Zeug!» Das Blut der Männer geriet immer mehr in Wallung und auch Alina wurde heißer und heißer bei diesem Spiel. Der Zwickel ihres Strings klebte bereits an ihrer triefenden Möse. Alina rieb ihre Hand erst über dem Stoff, der ihr Delta verbarg, um sie bald schon darunter verschwinden zu lassen. Laute der Lust entrannen ihrer Kehle, die Menge feuerte sie an und verlangte frenetisch nach ihrem Slip.

Bedächtig strich Alina ihn so weit über ihre Schenkel, bis er gerade noch an diesen hängen blieb, um ihn dann mit einem Schütteln der Hüften herunterrutschen zu lassen.

Die Menge tobte. Lauter und immer hitziger verlangten sie von ihr fortzufahren!

Nacheinander zog Alina erst das eine, dann das andere Bein hoch, um es neben Rock und String wieder aufzusetzen. Mit gespreizten Beinen stand sie nun da.

Einen wütenden Blick in die Runde werfend, nahm sie demonstrativ das Top aus dem Mund und hielt es dicht vor ihre Brust. «Wollt ihr noch mehr von mir sehen? Dann tretet gefälligst wieder zurück!»

Mit den Ellenbogen stoßend und schubsend hatten sich die Männer wieder dicht an sie heran gedrängt. Die vorderen wurden von den hinter ihnen Stehenden an den Käfig gepresst, Arme griffen erneut hinein und versuchten, ihr zwischen die Beine zu fassen. Der Geruch von ungewaschenen Körpern wurde unerträglich und schon der Gedanke, von diesen Händen angefasst zu werden, an ihren intimsten Stellen, ließ Alina vor Ekel erschauern.

Doch noch einmal fand sie Gehör. Langsam ließ sie ihre Arme sinken, um das Top dann schwungvoll mit einer Hand zwischen ihre Schenkel zu schleudern, wo sie es mit der anderen von hinten fassend ergriff. Sogleich begann sie damit, genüsslich über Kitzler und Schamlippen zu reiben, wobei ihr erregtes Stöhnen zu den Männern drang.

Unter diesen gab es jetzt auch kein Halten mehr. Die ersten Männerhände verschwanden nun ebenfalls im dazugehörigen Schritt. Ehe sie sich's versahen, hatte Alina das Top durch die Gitterstäbe geworfen und bückte sich nun mit durchgedrückten Beinen, um den Rock aufzunehmen und mit ihrer lustvollen Tätigkeit fortzufahren, auch diesen mit ihrem Liebessaft zu tränken und in die Menge zu werfen. Den String ließ Alina gar vollkommen in ihrer Liebesgrotte verschwinden, um ihn langsam wieder hinaus zu befördern. Nun war endgültig nichts mehr unter Kontrolle zu bringen. Alina wagte es nicht mehr, sich mit ihrer Hand den Stäben zu nähern. Sie schleuderte den String auf den Boden, wo er sogleich von gierigen Händen gepackt wurde. Jeder wollte den Geruch ihrer Möse aufsaugen und schon nach kurzem Zerren war der String zerrissen. Auch ihre anderen Kleidungsstücke waren nur noch Fetzen, um die sich wild gebalgt wurde.

Rasch entledigte Alina sich auch des BHs, der Strümpfe und Schuhe, um auch diese, nachdem sie sie mit ihrem Duft markiert hatte, aus dem Käfig zu werfen. Es war nicht zu beschreiben. Wer ein Stück ihrer

Kleidung ergattern konnte, rieb es sich unter die Nase und spritzte seinen Samen hinein. Die anderen drängten nun ungebremst an den Käfig und waren fortan taub für Alinas Zurechtweisungen.

Alina konnte sich nur kerzengrade in die Mitte des Käfigs stellen und hoffen, dass diese Vorhölle bald erkalten würde. Ihre Arme streckte sie in die Höhe, um möglichst wenig Angriffsfläche zu bieten doch konnte sie es dennoch nicht verhindern, dass überall Hände an ihrem Körper zerrten, kniffen, rieben.

Sie musste es aushalten, es gab keine Möglichkeit des Rückzugs. Doch nicht nur die Hände machten ihr zu schaffen, Schwänze wurden zwischen die Gitterstäbe geschoben und unter Grunzen und Stöhnen entluden sich die Männer vor ihren Augen.

Nicht Umfallen! Immer wieder begann Alina zu schwanken. Sie hielt die Augen mittlerweile fest geschlossen und versuchte, an einen anderen Ort zu denken, sich fort zu träumen, doch der Gestank ließ sich nicht aussperren.

Bloß nicht an die Gitter fassen! Doch es war bereits zu spät.

Bei dem reflexartigen Versuch auszuweichen, als es einem dieser Kerle tatsächlich gelungen war, zwischen ihre Schenkel zu greifen, verlor Alina das Gleichgewicht und stützte sich instinktiv an den Stäben ab. Sofort griffen gierige Finger nach ihren Handgelenken und Haaren. Von hinten spürte sie gleichermaßen, wie ihre Knöchel gepackt wurden. Sie zu berühren war für diese Männer das Höchste der Gefühle. Ihre Geilheit fand keine Grenzen, jetzt konnten sie auf ihren Körper wichsen, in ihre Hände, ihr Gesicht. Alina befürchtete schon, ihre Haare büschelweise zu verlieren, so heftig wurde daran gezogen. Man versuchte, ihren Kopf noch näher ans Gitter heranzuziehen, um sich auch ihres Mundes zu bemächtigen, doch an der gegenüberliegenden Seite des Käfigs wurde ebenfalls gewaltsam an ihr gezogen, um näher an ihre Möse zu gelangen. Auf diese Weise wurde Alina davor bewahrt, noch Schlimmerem ausgesetzt zu werden, sie war sich nicht sicher, ob sie sich darüber freuen sollte.

Es schien, als würde dieser schreckliche Abend nie vergehen, doch irgendwann fand auch diese Tortour ein Ende.

Als der letzte Obdachlose sich davon gemacht hatte, wollte Alina sich zusammenrollen, doch ihr Körper war bedeckt mit den widerlichen Rückständen der geilen Männer. Angeekelt zog sie schnell ihre Hände weg und vermied es tunlichst, sich zu berühren.

Nicht lange saß sie dort, als das ersehnte Geräusch eines Schlüssels an ihr Ohr drang. «Du hast dich gut gehalten. Das war wahrhaftig ein Akt der Nächstenliebe, so etwas haben diese Männer sicher noch nicht erlebt und werden es den Rest ihrer trüben Tage nicht mehr vergessen! Komm jetzt raus, ich zeige dir, wo du duschen kannst und dann nichts wie weg, hier stinkt's ja widerlich!»

Apathisch folgte Alina Jens. Mit ausgestreckter Hand reichte er ihr ein Duschgel, bemüht, Abstand zu halten.

Alina schrubbte ihre besudelte Haut, bis sie fast wund war, doch das Gefühl schmutzig und stinkend zu sein, ließ sich nicht abwaschen.

«Komm jetzt endlich raus, ich will hier keine Wurzeln schlagen!» Jens wollte so schnell wie möglich aus diesem Wohnheim verschwinden, weg von diesem widerlichen Pack.

Nachdem Alina sich abgetrocknet hatte, reichte er ihr eine Decke, in die sie sich hüllen konnte, und eilte schnellen Schrittes seinem Wagen zu.

Wortlos ließ Alina sich neben ihn auf den Sitz fallen. Wortlos folgte sie ihm in seine Wohnung, als er sie dazu aufforderte.

«Kleines, weißt du eigentlich, wie stolz ich auf dich bin? Keine andere Frau hätte das durchgestanden. Was du diesen Männern gegeben hast, war ein Geschenk ersten Ranges. Du hast für sie die Sonne aufgehen lassen, du hast sie etwas erleben lassen, an dessen Erinnerung sie sich noch lange, lange wärmen können, wenn sie in frostigen Nächten zitternd vor Kälte unter einer Brücke liegen und an dich denken. Du bist mein Juwel. Ich lasse dir erst einmal ein betörend duftendes Schaumbad ein, in das du versinken kannst. Danach wirst du herrlich schlafen und Morgen verwöhne ich dich nach allen Regeln der Kunst, ich weiß, was du begehrst, deine geheimsten Wünsche sollen Morgen wahr werden!»

In Alinas Kopf kreisten die Erlebnisse der letzten Stunden.

Noch immer spürte sie die gierigen Hände, roch sie die stinkenden Leiber, diesen Ekel wurde sie einfach nicht los, da half auch kein duftendes Schaumbad.

Jens kümmerte sich rührend um Alina. Während sie in der Wanne lag, machte er ihr einen appetitlichen Imbiss. Er öffnete eine Flasche Chianti und hielt ihr ein Glas des kühlen Rebensaftes an den Mund, doch Alina wandte ihr Gesicht von ihm ab. Wie zuvor den leckeren Snack, lehnte sie auch den Wein ab. Sie wollte nichts zu sich nehmen, von ihm schon gar nicht, sie war zutiefst gekränkt.

Jens überspielte ihre Abwehr, nahm sie schlicht weg nicht zur Kenntnis und plauderte munter auf Alina ein, so als wäre alles in bester Ordnung.

Nachdem sie aus der Wanne gestiegen und ihn ignorierend ins Bett gekrochen war, schaute Jens noch einmal zu ihr herein.

«Du musst total geschafft sein, es war ein anstrengender Abend für dich. Ich lasse dich am besten jetzt allein, schlaf dich ordentlich aus und morgen machen wir beide es uns richtig gemütlich. Ich habe ein paar Spielsachen besorgt, die dir riesigen Spaß machen werden, du wirst morgen voll auf deine Kosten kommen, das verspreche ich dir!» Mit einem zärtlichen Abschiedskuss auf die Stirn wandte Jens sich von ihr ab und verließ das Schlafzimmer.

Alina starrte an die Decke. Jegliche Emotionen in ihr schienen abgetötet zu sein. Sie war nicht mehr wütend, sie war nicht traurig, ja sie war noch nicht einmal mehr enttäuscht. Außer einer leeren Hülle mit dem Aussehen von Alina, schien nichts mehr von ihr übrig geblieben zu sein. Ein Körper ohne Seele.

Wie erstarrt lag sie lange, völlig bewegungslos in dem großen Bett, bis der Schlaf sie gnädig in traumlose Gefilde trug.

4. Guten Appetit

Ein schlichtes Mahl
So köstlich dargebracht
Belebt die Sinne
Der Appetit erwacht

Der Duft von frisch gebrühtem Kaffee schlich sich am nächsten Morgen in Alinas Nase und weckte ihre Lebensgeister.

Ein fröhlicher Jens öffnete schwungvoll die Zimmertür, zog die Vorhänge vom Fenster zur Seite und lupfte neckisch Alinas Bettdecke. «Aus den Federn, du Schlafmütze, das Frühstück ist fertig!»

Ein strahlend blauer Himmel begrüßte Alina durchs Schlafzimmerfenster und die Sonne kitzelte mit ihren Strahlen ihre Nase. Es war ein herrlicher Frühlingstag, der sich spontan im Zimmer breitmachte. Hatte sie nur geträumt? Dieser schreckliche Abend, war er nur ein Alptraum, ein Hirngespinst ihrer Fantasie? Alles schien ihr auf einmal so irreal!

Alina schwang die Füße aus dem Bett und sah sich erst einmal um. Sie hatte in demselben Bett geschlafen, in dem sie vor einigen Wochen so lustvolle Stunden mit Jens verbracht hatte. Gestern Nacht war sie unfähig gewesen, auf ihre Umgebung zu achten. Sie konnte sich kaum noch daran erinnern, wie sie ins Bett gekommen war.

Was befand sich nun hinter der zweiten Tür? Alina tippte auf ein Ankleidezimmer. Neugierig drückte sie die Klinke hinunter und spähte hinein. Tatsächlich, zu ihrer Linken konnte sie in einen geräumigen, begehbaren Schrank schauen. Alina konnte nicht widerstehen und strich mit ihren Händen zärtlich über die Kleidung des Mannes, der sie einen Tag zuvor noch so schändlich behandelt hatte.

An einer Garderobenstange waren ordentlich Anzüge, Sakkos und Hosen aufgehängt, jeweils der Jahreszeit entsprechend sortiert. Auf einer weiteren Stange drängten sich Oberhemden, farblich genau aufeinander abgestuft. Krawatten jeglicher Couleur und Muster machten dem Besitzer die Entscheidung nicht leicht. Alina hatte spontan einen dunkelblauen Schlips, auf dem sich Tulpen in verschiedenen Rottönen in immer wiederkehrender Folge aneinanderreihten, zu ihrem Favoriten auserkoren.

Shirts, Pullover und Wäsche lagen akkurat gefaltet in Regalen, und die Armee der blank geputzten Schuhe hatte darunter Aufstellung genommen.

Alina verließ den Raum und drückte die gegenüberliegende Schwingtür auf, hinter der sie zu Recht das Badezimmer vermutete.

Rotes Terrakotta bedeckte den offenbar beheizbaren Fußboden. Alinas Füße waren angenehm warm, als sie über nackte Fliesen zur Toilette tappte. Weiß war die vorrangige Farbe in diesem Bad. Die Keramik: Waschbecken, Toilette, Duschwanne, Whirlpool und sogar ein Urinal, ebenso wie die schulterhohen Fliesen an den Wänden. Die aparte, zurückhaltende Struktur, die einen matten Glanz preisgab, verlieh dem Bad eine Spur von Eleganz, während eine Bordüre aus Naturstein, die in wechselnden Nuancen das Rot der Bodenfliesen wieder aufnahm, für den rustikalen Charakter sorgte. Die obere Hälfte des Bades war in einer passenden, leichten Abtönung gehalten, die durch eine spezielle Technik beim Auftragen eine wolkige Erscheinung angenommen hatte.

Alina war beeindruckt. Jens verfügte über einen ausgeprägten Sinn für Ästhetik. Ordnungsliebend, vielleicht gar pedantisch war er ebenfalls, wie seine Garderobe unmissverständlich erkennen ließ. Die Frage, ob er wohl im Sitzen pinkelte, hatte sich erübrigt, das Urinal passte genau zu dem Bild des Mannes, das Alina sich mittlerweile von Jens gemacht hatte.

Neben dem Waschbecken entdeckte sie eine noch verpackte Zahnbürste, einen sauberen Becher, sowie Zahnpasta und Zahnseide, und so machte sich Alina daran, ihre Morgentoilette zu erledigen. Ihre Zahnbürste stellte sie anschließend in den anderen Becher, in dem sie nun an Jens' Bürste lehnte, dicht beisammen, wie ein Liebespaar. Alina musste lachen, als sie bemerkte, dass sie im Begriff war, eine Zahnbürste zu beneiden.

Neben der Dusche lagen Handtücher und ein duftig weicher Bademantel für sie bereit. Für einen Moment dachte Alina daran, in den Whirlpool zu steigen, doch das getraute sie sich dann doch nicht. Jens wartete auf sie, sie sollte sich beeilen.

Als Alina auf den Flur hinaus trat, hörte sie ausgelassenen Gesang. Sie folgte der Stimme und als sie die Tür aufstieß, sah sie Jens in der Küche stehen. Einen alten Schlager trällernd setzte er gerade eine Obstschale auf den liebevoll gedeckten Tisch. Verlockend rote Erdbeeren, pralle blaue Trauben und Aprikosen, die wie frisch vom Baum gepflückt zu ihr herüberleuchteten, waren ein Genuss für alle Sinne und ließen Alina das Wasser im Munde zusammenlaufen.

Der Anblick knuspriger Brötchen, die in einem hübschen Korb zwischen einer Platte mit herzhaftem Wurst- und Käseaufschnitt und der Butterdose zum Zugreifen einluden, erinnerten Alina daran, dass sie seit gestern Mittag nichts mehr gegessen hatte. Vor Aufregung hatte sie vor ihrem Auftritt nichts mehr herunterbekommen.

Frühstückseier mit lustigen Filzmützchen, die sie warm halten sollten, rundeten das Bild des appetitlichen Frühstücktisches ab und eine Flasche Champagner sorgte für die angestrebte Leichtigkeit und Unbeschwertheit dieses Morgens.

«Ah, da bist du ja, mein Schatz. Komm setz dich, es ist alles bereit. Ein wunderschöner Tag wartet auf uns!»

Alina nahm Platz. Jens war so liebenswürdig, die ganze Stimmung so harmonisch ... Alina beschloss, den gestrigen Abend zu verdrängen, um den entspannten Morgen mit einem Sektfrühstück zu genießen.

Als beide sich ausgiebig gestärkt hatten, schaute Jens Alina gebieterisch an. «Komm her zu mir, stell dich vor mich hin und bewege dich nicht!» Jens Stimme wurde fordernd.

Der Teil in Alina, der so vehement nach Unterwerfung verlangte, reagierte auf Anhieb. Das Spiel hatte begonnen.

Sofort stand Alina auf und trat auf Jens zu. Mit gesenktem Blick, die Arme am Körper herabhängend, blieb sie vor ihm stehen und wartete begierig darauf, dass er ihren Bademantel öffnen und von ihrem Körper streifen würde.

Jens hatte keine Eile. Langsam glitten seine Finger über den Stoff, der ihren erregten Leib verbarg. Bedächtig löste er den Knoten des Gürtels, um seine Hände unter den etwas auseinanderfallenden Bademantel zu schieben. Seine geöffneten Handflächen glitten mit sanftem Druck über Alinas Bauch und weiter hinauf.

Ihren Brüsten, die Alina erwartungsfroh vorgestreckt hatte, wichen sie aus. Die heiß ersehnte Berührung ihrer Spitzen blieb aus.

Mit einer leichten Bewegung schob Jens den Bademantel von Alinas Schultern, so dass er sacht zu Boden glitt. Nackt und bebend vor Erregung stand sie vor ihm. *Fass mich an!*

«Spreiz die Beine und umfass deine Titten! Lass sie schaukeln!» Alina gehorchte nur zu gern. *Sieh genau hin, wie meine Möpse hüpfen! Schau, wie der Saft aus meiner Muschi tropft! Ich bin so geil, zwing mich endlich auf die Knie, um deinen harten Schwanz zu lutschen!*

Jens betrachtete ihre Brüste. Regungslos, ja fast schon gelangweilt, wie es schien, schaute er zu, wie Alina sie zusammengedrückt immer rascher auf und ab hüpfen ließ. Ihre Erregung wuchs unaufhaltsam, und jeder andere Mann wäre bei diesem Anblick durchgedreht und hätte sich auf sie gestürzt. Jens musste wissen, wie es um sie stand, er sah es doch! Diese Ignoranz war demütigend, doch genau das weckte in Alina diese animalische Lust.

Lass mich leiden – beschäme mich – erniedrige mich – schlage mich und dann nimm mich – hart – lass mich spüren, dass ich dir gehöre – deine Macht!

Jens griff sich die Zeitung. Bedächtig faltete er sie auseinander und blätterte die Seiten durch. Als das Blatt mit dem Sudoku vor ihm auf dem Tisch lag, stand er seelenruhig auf, kramte einen Kugelschreiber aus einer der Schubladen und machte es sich mit einem zufriedenen Seufzer wieder auf seinem Stuhl bequem. Was konnte es Schöneres geben, als einen Sonntagmorgen mit einem kniffligen Sudoku zu beginnen.

Alina war sprachlos. Sie ließ ihre Hände ruhen und starrte ihn entgeistert an.

«Habe ich dir erlaubt aufzuhören?!» Hart traf sie sein drohender Unterton, und der stechende Blick ließ Alinas Hände sich unverzüglich wieder in Bewegung setzen. Das Hüpfspiel ihrer Brüste begann aufs Neue. Jens wandte sich wieder seinem Logikspiel zu. Alina ignorierte er abermals.

Nach einer Weile schaute er auf. «Während du dich mit deinen Titten beschäftigst, kannst du mir eigentlich auch vorlesen!» Jens legte die restliche Zeitung ordentlich vor Alina auf den Tisch. Sie musste sich bücken, um die Zeilen lesen zu können. Nicht allein die Tatsache, dass sie keine Brille dabei hatte, machte das erforderlich, die schaukelnden Brüste versperrten ihr schlichtweg die Sicht. Alina hielt ihr Gesicht dicht über die Zeitung und begann: «Friedensnobelpreis für Obama ...» «So ein Blödsinn, der Mann ist gerade mal ein paar Monate im Amt! Den nächsten Artikel!» «Sind Amokläufe zu verhindern? Erfurt, Emsdetten, Winnenden, Ansbach: Lassen sich Amokläufe an Schulen verhindern?»

Alinas Stimme vibrierte, ihre Brüste waren doch keine Jonglierbälle! Wie lange sollte das so weiter gehen?

«Spreiz die Beine weiter, weiter! Und nun fahr fort!»

«Der amerikanische Psychologe Peter Lang ...» «Psychologen! Was die Kinder brauchen, ist eine starke Hand, Eltern, die sich durchsetzen, die ihnen etwas zutrauen und auch mal was abverlangen. Dann haben diese Kids Erfolgserlebnisse und brauchen nicht auf diese Weise von sich reden machen. Die werden heute doch entweder verhätschelt bis zum geht nicht mehr, oder links liegen gelassen und gar nicht beachtet! Blätter um!»

Alina traten Tränen in die Augen, er nahm ihren Körper in dieser beschämenden Stellung nicht einmal wahr! Was interessierten sie die verkorksten Bälger unfähiger Eltern?

Jens schien ihre Gedanken zu erraten. Nachdenklich ließ er seinen Blick über ihren Körper streifen, um an ihren Nippeln zu verharren. «Hör mal auf!» Abermals verließ er den Küchentisch, um etwas aus der Schublade zu suchen. Mit zwei Teebeutelclips in der Hand und einem breiten Grinsen im Gesicht trat er auf Alina zu. Er ließ sie wieder aufrecht stehen und umfasste nacheinander ihre Brüste, um an jede Warze einen Clip schnacken zu lassen. «Mach weiter und lies!»

«Vogel des Jahres bei Anglern unbeliebt ...» Alinas Möpse hüpften weiter. Ihre zusammengedrückten Knospen quollen aus den Clips hervor und die kleinen Ketten, welche mit einem Haken versehen zum Befestigen des Clips an der Kanne dienten, schlugen auf und nieder, um sich alsbald am Clip zu verhaken.

Während Alina weiter vorlas, blickte Jens sich suchend in der Küche um.

«Mm...» Als sein Blick auf eine Weingummitüte fiel, zog ein strahlendes Lächeln über sein Gesicht. «Warst du eigentlich schon mal angeln? Ich glaube, du bist eine Naschkatze, du bekommst einen süßen Fang an die Haken, halt noch mal still!»

Jens entnahm der Tüte zwei Weingummiteufelchen und hakte sie an den Clips fest. «Jetzt lass sie wieder hüpfen! Du musst sie in deinen Mund schleudern, also los!»

Alinas Brüste gerieten abermals in Vibration.

Bei dem Versuch, eines der an der Kette befestigten Weingummis in ihren Mund zu befördern, schnappte dieser immer wieder zu, doch es entwischte ihr jedes Mal. Wie wehrhafte Fische im Überlebenskampf zappelten die Teufelchen an der Kette.

Eine Angel, gebogen unter der Last des davon strebenden Fisches. Kräftige Hände, welche die Spule immer wieder aufrollten und ihr dann wieder Spiel ließen, um das kämpfende Tier dann doch wieder heranzuziehen, solange, bis es vor Erschöpfung ermüdete und sich geschlagen geben musste. Kräftige Hände, die doch so zärtlich sein konnten, wenn sie gefühlvoll über die Haut einer Frau streichelten, Wärme verströmend, wie ein Sonnenstrahl, der zwischen dunklen Wolken hervorblitzt und auf kühle Haut trifft, die sich nun, jede Pore öffnend, ihm entgegenbäumt, um die Wärme aufzunehmen. Eine Wärme, die tiefer drang, tief unter ihre Haut, bis sie ihr Herz durchströmte. Oft hatte sie sich vorgestellt, wie er dort stand. Jener Mann aus einem anderen Leben. Heute war er glücklich verheiratet, mit einer anderen.

Die Wahrscheinlichkeit, dass die Teufelchen davonkommen würden, war ebenso aussichtslos, wie die der Bewohner des Sees.

Alinas Brüste taten mittlerweile weh von der ganzen Hüpferei und der Druck der Clips an ihren Brustwarzen wurde auch immer schmerzhafter.

Endlich erwischte sie eines der Weingummis. Schnell schloss Alina ihren Mund. Der Clip zerrte nun an der betroffenen Warze, doch Alina ignorierte den Schmerz und versuchte verzweifelt, den Teufel mit ihrer Zunge vom Haken zu lösen. Das war keinesfalls ein einfaches Unterfangen, das Weingummi war relativ hart und der Haken mitten durch den Kopf gestoßen.

Den ersten Gedanken, den Teufel erst einmal unterhalb des Hakens abzubeißen, um den Rest anschließend mit den Zähnen vom Haken zu ziehen, verwarf sie schnell wieder. Sie hätte den unter Spannung stehenden Haken während des Bisses sicher nicht mit den Lippen halten können. Er wäre wieder aus dem Mund geglitten und das Hüpfspiel hätte von vorne beginnen müssen, wegen der minimierten Angriffsfläche unter erschwerten Bedingungen.

Alinas schwere Brust zerrte an der Kette, so dass das Teufelchen beinahe entwischt wäre, sie konnte es gerade noch mit den Zähnen packen. Die Gelatinemasse weichte nun allerdings schnell auf und ließ das Weingummi vom Haken rutschen, der nun geschwind zwischen ihre Lippen und aus dem Mund rutschte.

Das war geschafft! Ein Blick zu Jens verriet ihr, dass auch das zweite Teufelchen erbeutet werden musste, bevor er ihre pochenden Brustwarzen, von den Clips befreien würde.

Alina war nun schon in Übung, und so konnte sie nach kurzer Zeit auch das andere Weingummi vernaschen.

«Möchtest du noch mehr davon?» Alina schaute ihn erschrocken an: «Nein!» «Dann verschränke deine Hände hinter dem Rücken. Alina tat wie ihr geheißen, und Jens zog die beiden Clips mit einem Ruck von den Brustwarzen. Sie unterdrückte den Schmerzenslaut.

Jens trat einen Schritt zurück und ließ seinen Blick über ihren Körper wandern. «Zieh die äußeren Schamlippen auseinander!»

Alina ahnte, was nun kam, und freudig offenbarte sie ihm ihre intimste Stelle. Mit Daumen und Zeigefinger zog Jens eine der kleinen Schamlippen in die Länge und ließ einen Clip darüber klicken. Mit der anderen Seite verfuhr er ebenso. Prüfend zog er nun an den Ketten, um abzuschätzen, welche Gewichte sie wohl ziehen mochten, ohne abzurutschen. Dann wandte er sich wieder dem Frühstückstisch zu und nahm eine große Traube der dunklen Beeren.

«Komm mit!» Jens verließ die Küche und Alina folgte ihm ins Schlafzimmer, wo er sich auf das Bett fallen ließ.

Alina musste sich mit gespreizten Beinen auf die Matratze stellen, so dass die Haken der Teebeutelclips zwischen ihren Schenkeln schaukelten. Jens fixierte die Traube daran, gab ihr einen Schubs und kontrollierte den Sitz der Clips. Er war zufrieden. Mit einem entspannten Lächeln rutschte er zwischen Alinas Beine und machte es sich auf dem Rücken liegend, die Hände hinter dem Nacken ruhen lassend bequem. «Ah... jetzt können mir die Trauben direkt in den Mund wachsen, ein kleines Schlaraffenland. Geh langsam in die Hocke, bis ich die Früchte mit dem Mund fassen kann und schwenk sie etwas hin und her, das macht mir mehr Spaß!»

Alina beugte ihre Knie und ließ sich langsam immer tiefer sinken. Dabei ließ sie ihren Unterleib sachte vor und zurück schwingen. Ihre Schamlippen wurden lang und länger gezogen, auch wenn ihre sanften Bewegungen nur ein leichtes Schwingen der Traube verursachte, so führte das gleichmäßige Pendeln doch zu einer beträchtlichen Fliegkraft.

Genüsslich erhaschte Jens einzelne Trauben mit den Lippen und rupfte sie vorsichtig ab. «Das sollten wir öfter machen, so schmecken sie noch mal so gut. Komm probier auch, sie sind köstlich!»

Alina drückte ihre Knie wieder durch und beugte sich so weit hinunter, bis auch sie von den Trauben kosten konnte.

Hoffentlich ließ er sie nicht so stehen, bis alle Früchte gegessen waren. Die Traube war groß, Alina satt und die empfindliche Haut ihrer Schamlippen durch Druck und Reibung bereits extrem gereizt. Es tat weh, als Jens die Clips entfernte, doch wenn Alina auch froh war, dass diese Qual ein Ende fand, ihr Verlangen nach Berührung, nach Berührung durch ihn, seine Hand, seinen Mund, sein Glied, war noch genauso stark wie zuvor. All die peinigenden Spiele, schulten nur ihre Geduld, ihre Bereitschaft zur Hingabe. Sie wollte ihm imponieren, indem sie geduldig alles auf sich nahm, auch wenn er ihr Verlangen in keiner Weise befriedigte, das war das Recht eines Gebieters, es ging um *seine* Lust.

Jens verließ das Schlafzimmer. Als er bereits in der Tür stand, rief er ihr zu, ihm zu folgen, auf allen Vieren. Nein, nicht – die Hände sollte Alina auf dem Rücken verschränken und dann auf Knien hinter ihm her kriechen.

Jens durchschritt zügig den geräumigen Flur und verließ durch eine Hintertür den Wohnraum. Alina musste sich beeilen, um ihn nicht aus den Augen zu verlieren, sie kannte sich in seinem Haus noch nicht aus, wohin führte diese Tür? Jens hatte sie offen stehen lassen und Alina kroch hindurch. Eine Treppe führte ein paar Stufen hinab, Jens war schon hinuntergeeilt und rief ihr ungeduldig zu, sich zu beeilen. Seine Stimme hallte im kahlen Untergeschoss. Offenbar war er auf dem Weg zum Keller oder zur Garage. Alina drehte sich vor der Treppe um, und vorsichtig rutschte sie auf ihren Knien Stufe für Stufe hinunter. Nach wenigen Metern gelangte sie zu einer angelehnten Tür. Sie stieß sie mit ihrem Kopf weiter auf und kroch in die beleuchtete Garage hinein.

«Da bist du endlich!» Jens trat auf sie zu und erfasste eine ihrer Brüste. Er begann sofort damit, ihre Warze zu massieren, die auch augenblicklich reagierte und nun hart und fest zwischen Zeigefinger und Daumen ruhte. Mit der anderen Hand zog Jens eine Klemme aus der Hosentasche und setzte sie kurzerhand an Alinas erregte Knospe. *Nicht schon wieder.* Als auch ihre andere Brustspitze fixiert war, zog er ein dickes elastisches Band durch die Ringe, welche sich an diesen Klemmen befanden. «Auf geht's, wieder nach oben!» Jens hielt die Enden des Bandes fest in seiner Hand und zog Alina nun an ihren Brustwarzen hinter sich her. «Au!» Es ging alles so schnell, der Schmerz, verursacht durch den heftigen Ruck an dem Band, traf sie so plötzlich, dass Alina einen Aufschrei nicht verhindern konnte. «Dann setz dich endlich in Bewegung, ich werde deinetwegen nicht hier herumschleichen!» Wütend setzte Jens seinen Weg fort.

Alina hievte sich hastig auf ihren bereits schmerzenden Knien die Stufen hinauf. Endlich in der Wohnung angekommen, zog Jens sie mit sich ins Badezimmer. Das Gummiband noch immer festhaltend, klappte er den Deckel der Toilettenschüssel auf und leerte ungehemmt seine Blase. Alina, die dicht neben der Toilette knien musste, spürte, wie Spritzer seines Urins ihr Gesicht benetzten.

«Ich werde gleich ein Bad nehmen, du darfst wieder aufstehen und schon mal das Wasser einlassen. Badeöl steht im Regal!»

Jens machte eine Schleife ins Gummiband und verließ das Badezimmer.

Alina erhob sich und drehte das Wasser im Whirlpool an. Im Regal fand sie drei verschiedene Badezusätze: ein Erkältungsbad, einen Zusatz zur Muskelentspannung und ein sogenanntes Wellnessbad. Ob sie auch mit in die Wanne durfte? Ihre Muskeln könnten eine Entspannung vertragen. Er hatte keinen speziellen Wunsch geäußert, also goss Alina einen ordentlichen Schuss dieses Zusatzes ins Wasser.

Als Jens kurz darauf wieder erschien, hatte er eine lange, weiße Kerze dabei. Er legte sie auf den Rand der Wanne, ließ seinen Bademantel achtlos auf den Boden gleiten und steckte einen Fuß vorsichtig in die mäßig gefüllte Wanne. Die Temperatur war angenehm und so setzte er sich erst, um sich dann weiter hineingleiten zu lassen. Er lag nun bequem und sah zu, wie der Wasserspiegel immer weiter anstieg. Alina stand abwartend und etwas unschlüssig daneben.

«Dreh das Wasser ab und stell dich auf den Wannenrand!»

Alina musste die Beine weit spreizen, die Wanne war recht groß. «Komm weiter nach vorne, so dass du über meinem Oberkörper stehst, und dann geh in die Hocke!» Alina rückte etwas weiter nach vorn und beugte vorsichtig die Knie. Immer tiefer sank sie, bis ihre Möse in ihrer ganzen Pracht dicht über der Wasseroberfläche verweilte. Feucht glänzten ihre Lippen, so als wären sie schon eingetaucht ins wohlige Nass, doch es war ihr eigener Saft, der sich nun seinen Weg bahnte, ihre Spalte verließ um in einem langen Faden hinabzuziehen, loszureißen und als Tropfen im Badewasser zu verschwinden.

«Bist du eigentlich Rechtshänder?» Alina schaute ihn verwundert an. Ja, warum?» «Dann lass deine rechte Hand jetzt los und halte sie vor deine Möse, als wolltest du es dir besorgen!» Alina gehorchte, Jens öffneten die Schleife und band die Enden des Gummis um Alinas Handgelenk, so dass sie etwas unter Spannung standen. Nun drückte er ihr die Kerze in die Hand und forderte sie auf zu masturbieren. «Los, zeig mir, wie geil du bist! Stoß sie hinein in deine Lustgrotte. Tropfen tust du jetzt schon, ich will sehen, wie du abspritzt! Aber rutsch vorher noch etwas höher, ich will dein triefendes Fötzchen genau sehen!»

Alina rutschte vorsichtig weiter über den Wannenrand, dann zog sie ihre Hand zurück, um das Ende der Kerze in ihren Liebeskanal zu stoßen, was dazu führte, dass das Gummiband heftig an ihren Brustklemmen zog. Autsch, das tat weh! Sie bewegte ihre Hand nun vorsichtiger, doch das konnte ihr keine Erfüllung bringen. Sie brauchte es fester, härter, tiefer! Doch wann immer sie der Lust nachgab, bremste der Schmerz ihrer Nippel den nächsten Stoß. Jens tauchte von Zeit zu Zeit unter ihr hindurch, um sich das Spiel auch von der rückwärtigen Seite anzuschauen, den Blick nicht eingeschränkt durch Alinas Hand.

«Was ist los, so kommst du in hundert Jahren nicht! Stoß gefälligst ordentlich zu, ich hab gesagt, ich will dich spritzen sehen, richtig spritzen! Das kannst du nur, wenn du deinen G-Punkt triffst. Und glaube mir, du wirst damit weitermachen, bis es soweit ist, und wenn du dir blutige Titten holst!»

Den G-Punkt! Den hatte Alina noch nie gespürt, sie hatte ihn für eine Legende gehalten. Konnte auch eine Frau richtig abspritzen, so wie ein Mann? Alina glaubte es nicht, doch sie wollte alles versuchen.

Es tat so weh. Alina befürchtete schon, ihre Nippel seien zerquetscht, aber noch floss kein Blut. Sie zerrte fester und fester am Gummi, tiefer, noch tiefer stieß sie die Kerze. Sie veränderte den Winkel, um die vordere Seite ihrer Vagina zu treffen. Sie meinte gelesen zu haben, dass er dort zu finden sei.

«Ah...!» Der Schrei hallte durch das Bad, von den kahlen Fliesen zurückgeworfen. Am ganzen Körper zitternd, rutschte Alina in die Wanne. Da war er, das war ihr erster richtiger Orgasmus, den sie durch eigenes Handeln hervorgerufen hatte. Alles, was sie vorher dafür gehalten hatte, war nichts dagegen!

Das Wasser schwappte über die Wanne und breitete sich über dem Fußboden aus. Jens hielt Alina in den Armen, bis sie sich wieder beruhigt hatte. Erst jetzt stellte er den Whirlpool an.

Alina entspannte sich. Die Strömung des Wassers massierte sie sanft und in Jens' Armen fühlte sie sich geborgen, wie lange nicht mehr. Das heißt, das letzte Mal war erst wenige Wochen her, auch damals war Jens es, der ihr dieses wundervolle Gefühl gegeben hatte. In seinem Bett, als er seine Finger über ihren schmerzenden Rücken gleiten ließ, da fühlte sie sich auch so geborgen.

«Hab ich wirklich richtig abgespritzt?»

«Das hast du, und wie!» Jens sah sie grinsend an. «Offenbar zum ersten Mal.» «Ja, so etwas habe ich noch nie erlebt, ich danke dir!» «Nun, ich hoffe, dein Dank erschöpft sich nicht nur in Worten, blas mir einen!»

Das wollte Alina liebend gern tun, aber Jens lag im Wasser, sein Glied war unter dem Wasserspiegel verborgen, und es hatte auch nicht den Anschein, dass er seine Position in absehbarer Zeit ändern wollte. Sollte sie unter Wasser ...? Alina holte tief Luft und tauchte ihren Kopf unter. Sie umfasste Jens' Penis stülpte ihre Lippen darüber, doch Saugen war unmöglich. Alina tauchte wieder auf. Sie atmete aus und wieder ein. Nach dem nächsten Ausatmen tauchte sie erneut unter, steckte Jens' Glied abermals in den Mund, doch schon nach nur einmaligem Ansaugen hatte sie Atemnot und musste den Versuch wieder aufgeben. Was sollte sie nur machen? «Es geht so nicht, mit Luft kann ich nicht saugen und ohne Luft ersticke ich, es geht nicht!» Jens griff ihr wütend in die Haare und zog sie dicht vor sein Gesicht. «Das ist also alles, was du mir zu bieten hast? Zwei klägliche Versuche? Versuch es weiter, du musst deine Luftmenge nur genau einteilen!» Mit diesen Worten stieß er Alinas Kopf wütend unter Wasser.

Alina bemühte sich, so gut sie konnte, doch es war ihr einfach nicht möglich, seiner Aufforderung nachzukommen. «Es geht doch aber nicht, ich versuch es ja!» Alina war den Tränen nahe. Fluchend und unflätige Bemerkungen über Alinas mangelnde Intelligenz von sich schleudernd kniete Jens sich nun in der Wanne hin und packte Alina erneut an den Haaren. «Wenn du zu blöd zum Blasen bist, dann muss ich deinen Mund wohl selber ficken!» Brutal stieß er seinen Schwanz gegen Alinas Lippen und öffnete ihren Mund. Mit aller Kraft trieb er seinen Knüppel immer wieder in ihre Mundhöhle, prallte gegen ihren Gaumen, so dass sie jedes Mal würgen musste. In seiner Ekstase drückte er Alinas Nase zu. «Siehst du, dass es auch ohne zu atmen geht?» Alina glaubte schon tatsächlich ersticken zu müssen, als Jens sich mit einem dröhnenden Aufschrei in sie ergoss.

Beide sackten erschöpft zurück in die Wanne.

Nur das Brummen der Pumpe war zu hören.

Als das Wasser allmählich zu kalt wurde, erhob sich Jens und gebot auch Alina aufzustehen und sich abzutrocknen. «Du wischst hier erst einmal auf, Eimer und Putzzeug findest du in der Abstellkammer, links neben der Schlafzimmertür. Ich sorge indessen für das Mittagessen.»

Als Alina wieder allein im Badezimmer stand, dachte sie über Jens nach. War er tatsächlich der Mann, von dem sie immer geträumt hatte? Er hatte ihr heute höchste Lust bereitet und sie meinte nicht allein den Orgasmus. Die Spiele zuvor erregten sie sehr, und ja, auch diese Tauchaktion, so brutal sie auch war, oder weil sie so war? Seine harten Worte, sie sei zu blöd ... das traf allerdings einen anderen Bereich. Das war eine Ohrfeige, die ihre Person traf. Nicht dieses geile, triebhafte Wesen, das sich hinter ihrer Seele verbarg und immer dann an die Oberfläche stürmte, wenn es gerufen wurde, so wie ein Dschinn, dieser Flaschengeist, der augenblicklich erschien, wenn sein Herr ihn rief.

Sein Herr, der war nicht an eine bestimmte Person gebunden. Derjenige, der die Flasche öffnete und den Geist rief, die bestimmende, fordernde, keinen Widerspruch duldende Stimme eines Mannes, diese offenkundige Dominanz lockte dieses Wesen an, und das war so stark, dass es alles andere zur Seite stieß, was ihm den Weg versperren wollte: Moral – Verstand – Disziplin – Selbsterhaltungstrieb – selbst der schien gegen dieses Wesen nichts ausrichten zu können.

Alina war ihre Psyche ein Rätsel. Warum tickte sie so, das war doch total unlogisch?!

Als Alina mit dem Aufwischen fertig war, zog sie wieder ihren Bademantel über und betrat die Küche. Jens hatte sich inzwischen Jeans und Sweater angezogen und war dabei, einen Gurkensalat herzustellen. Neben dem Herd, auf dem ein Topf erhitzt wurde, lag eine Packung Spagetti. Dem Duft nach befand sich in dem kleineren Topf eine leckere Tomatensoße.

Alina bekam Appetit, das war jetzt genau das Richtige.

Jens grinste sie diabolische an, als er ihr plötzlich ein Klistier in die Hand drückte und sie wieder zurück ins Bad schickte. «Du machst dir vor dem Essen noch einen kleinen Einlauf und bring das saubere Klistier wieder mit zurück, der Bademantel stört nur beim Essen, lass ihn im Bad!»

Was sollte das denn jetzt wieder? Alina gehorchte. Während sie die Pobacken fest zusammenkniff, um die Seifenlauge noch etwas wirken zu lassen, wirbelten die verschiedensten Szenarien in ihrem Kopf herum. Nun, sie würde es gleich erfahren. Wie verlangt, kehrte Alina mit dem gereinigten Klistier in die Küche zurück. Das Essen war mittlerweile fertig, doch der Tisch noch nicht gedeckt. Alina blickte Jens fragend an, als ihr dieser das Klistier aus der Hand nahm und sie aufforderte, sich auf allen Vieren auf dem Fußboden nieder zu lassen und ein Hohlkreuz zu bilden.

«Du bist heute mein Tisch und mein Teller, also verhalte dich ruhig, damit es keine Kleckerei gibt!»

Während Alina auf dem Boden kniend darauf wartete, mit den Speisen bedeckt zu werden, beobachtete sie Jens, wie er das Klistier mit der Tomatensoße füllte. Ihr schwante Übles. «Dann wollen wir mal!» Mit einem leichten Druck beförderte er die Soße nun in Alinas Darm, zum Glück war sie nur lauwarm. Als das Klistier leer war, überlegte Jens einen Moment, um es dann ein zweites Mal zu füllen und die Prozedur zu wiederholen.

«So, du wirst deinen Schließmuskel schön geschlossen halten, bis ich mich bedienen möchte und nun zum Salat!»

Ihr Schließmuskel, Alina schenkte ihm ihre ganze Aufmerksamkeit. Auf ihrem Rücken wurde es erst kalt, als Jens den Gurkensalat darauf gab, und dann empfindlich heiß, als die Spagetti folgten. Einen Moment später vernahm sie sanfte Klänge und sah, wie ein Glas Rotwein neben sie abgestellt wurde.

«Zu einem guten Essen gehören ein guter Wein und natürlich auch Musik!» Zufrieden mit seinem Arrangement ließ Jens sich neben Alina nieder und begann mit dem Mahl.

«Du sollst natürlich auch essen, ich lasse dich doch nicht hungern!» Mit diesen Worten langte er zu einem bereitgestellten Teller und füllte ihn mit Pasta und Salat. Alina spürte, wie erst die Nudelzange, dann ein Löffel über ihre Haut schrabbten. «So, nun fehlt noch die Tomatensoße, lass mal einen ordentlichen Schuss davon raus!» Jens schob den Teller unter Alinas Unterleib. Eine tiefe Röte machte sich auf dem Gesicht der jungen Frau breit. Sie sollte jetzt ... Ihr Verstand konnte Alinas Gefühl nicht davon überzeugen, dass sich es tatsächlich um Tomatensoße handelte, die gleich zum Vorschein kommen musste, sie wusste es, aber alles sperrte sich in ihr. Der Druck war so groß, sie wollte nur zu gern loslassen, aber ... es war so peinlich, in jedem Sinn des Wortes. Alina hatte sich noch nie in ihrem Leben so geschämt, wie in dem Moment, in dem die Soße mit einem Schwall ihren Körper verließ.

«Stopp, lass auch noch etwas für mich übrig, sei nicht gleich so gierig!» Alina zog ihren Muskel wieder fest zusammen. Mit aller Macht versuchte die Soße nun zu entweichen, völlig verzweifelt kämpfte Alina dagegen an.

Jens schob den Teller vor Alinas Gesicht. Ein leises Plätschern, dann erschien auch ein Schälchen mit Wein in ihrem Gesichtsfeld.

Endlich hielt Jens ein Kännchen unter ihre Öffnung und ließ es zu, dass sie sich entspannen konnte. Es war so erniedrigend. Als Jens ihr einen guten Appetit wünschte, konnte sie der Aufforderung zu essen nicht nachkommen. Gehorsam senkte sie zwar den Kopf, öffnete den Mund und nahm etwas von dem Teller auf, doch ihre Zunge schob die Nudeln nur hin und her, sie schienen immer mehr zu werden in ihrem Mund.

Alina dachte an ihre erste Begegnung mit Jens. Die Cola, die sie auch kaum hatte hinunterwürgen können.

Jens schien die Mahlzeit in vollen Zügen zu genießen.

Die Sache mit dem Klistier hatte funktioniert, das ließe sich also für das bevorstehende Fest verwenden.

«Du isst ja gar nichts, schmeckt es dir nicht?» Gut gelaunt warf Jens einen Blick auf Alinas Teller, der fast unberührt vor ihr stand.

Die Spagetti und Gurken auf Alinas Rücken begannen plötzlich zu vibrieren. Verhaltenes Schluchzen drang an Jens' Ohr. «Na nun ist aber gut. Fang jetzt bloß nicht an zu heulen, oder willst du mir den Appetit verderben?» Alina beruhigte sich wieder. Sie musste vernünftig sein. Was war denn schon großartig geschehen? Er hatte sich einmal mehr ihres Körpers bemächtigt, das wollte sie doch. Sein Einfallsreichtum war doch faszinierend.

Du hast dich ihm angeboten, damit er solche verwegenen Spiele mit dir spielt! Du hast gehofft, dass er vor keiner Demütigung zurückschreckt! Die Vorstellung, von ihm zutiefst beschämt zu werden, hat dich doch erregt und aufgegeilt! Du willst es doch so!

Alina entspannte sich wieder. Es war Ok. Ergeben leerte sie ihren Teller. Bissen für Bissen. «Leck ihn sauber, es soll doch nichts verkommen!» Alina spürte nun Jens' Zunge rau über ihren Rücken gleiten. Keine Stelle wurde übergangen. Zum Schluss wanderte sie die Spalte zwischen ihren Pobacken hinab, um ihren After einer ausgiebigen Reinigung zu unterziehen. Alina spürte, wie die Hitze in ihren Unterleib zurückfand. Doch als sie dem nächsten Eindringen der flinken Zunge schon freudig entgegenfieberte, erhob sich Jens, reckte sich ausgiebig und holte einen Lappen aus der Spüle, mit dem er nun noch einmal ausgiebig über ihren Rücken wischte. «So, du kannst wieder aufstehen! Nach so einer Mahlzeit muss man erst mal verdauen. Wie heißt es so schön? Nach dem Essen sollst du ruh'n oder tausend Schritte tun. Ich bevorzuge ein bisschen Bewegung. Du kannst dich in der Zwischenzeit ein wenig ausruhen. Wenn ich in etwa einer Stunde wieder zurück bin, möchte ich von dir in einem aufreizenden Outfit empfangen werden, du darfst dich in meinem Kleiderschrank umsehen, vielleicht findest du etwas, das sich gebrauchen lässt, aber gehe pfleglich mit meinen Sachen um. Viel Spaß!» Jens warf sich eine Jacke über und verließ das Haus.

Alina ruhte sich erst eine Weile auf dem Bett aus, bevor sie Jens' Kleiderschrank ein weiteres Mal inspizierte. Neugierig durchsuchte sie nun jedes Fach, jeder Gürtel, jedes Shirt wurde in die Hand genommen. Alina fühlte sich zurückversetzt in ihre Kinderzeit. Verkleiden war ihr absolutes Lieblingsspiel. Ihre Mutter hatte Alina einen ausrangierten Wäschekorb ins Zimmer gestellt, in dem sie abgelegte Sachen von ihr oder auch hübsches Glitzerzeug, Hüte, Schals ... die sie preiswert auf Flohmärkten erworben hatte, aufbewahrte. Für Alina die reinste Schatztruhe.

Bepackt mit Hemden, Shirts, Gürteln, Schals, Taschentücher und natürlich der geblümten Krawatte kehrte Alina zurück ins Schlafzimmer und warf ihre Beute schwungvoll auf das Bett. Zuerst griff sie sich einen dunkelgrauen Schal, er fühlte sich angenehm weich an und war mit Sicherheit aus einem teuren Stoff gefertigt. Sie schlang die beiden Enden von hinten unter ihren Armen hindurch, kreuzte sie über der Brust und verknotete sie anschließend fest in ihrem Nacken. Die beiden Streifen, die ihre Brust bedeckten, zog sie sich soweit zurecht, dass sie nur knapp die wesentliche Zone verhüllten. Alina schüttelte ihre Brüste und überzeugte sich davon, dass nichts allzu sehr verrutschte. Natürlich, bei intensivem Schütteln und Hüpfen würden ihre Nippel über kurz oder lang freiliegen, doch das war ja durchaus gewollt. Als Nächstes entschied sie sich für einen breiten Ledergürtel, der locker auf ihren Hüften ruhte. Das war natürlich zu nackt, Alinas Blick schweifte über ihre Errungenschaften. Sie zog einen zweiten, cremefarbenen Schal hervor und steckte ihn vorn in den Gürtel, zwischen ihren Beinen hindurch, um ihn am Rücken wieder über den Gürtel fallenzulassen, sie hatte einen Lendenschurz. Sich drehend beäugte Alina sich im großen Spiegel, zufrieden war sie damit nicht. Das war nicht wirklich sexy. Sie zog den Schal wieder aus dem Gürtel und warf ihn aufs Bett zurück. Ihr Blick fiel auf das Päckchen Taschentücher. Jens benutzte diese großen Herrentaschentücher, doch er besaß nicht nur die karierte Version, wie sie Alina noch von ihrem Vater kannte, Jens hatte auch ausgesprochen hübsche Exemplare, ohne Muster und in satten, intensiven Farben. Alina legte den Ledergürtel noch einmal ab und zog die Ecken der Taschentücher durch die Löcher des Gürtels. Sie zog sie möglichst fest, damit sie nicht wieder herausrutschten. Nun band sie sich den Gürtel noch einmal um die Hüfte. Er war natürlich nicht über die gesamte Länge gelocht, und so drehte Alina das Leder in der Art, dass die Tücher ihre Scham bedeckten. Sie drehte sich abermals vorm Spiegel. Das gefiel ihr schon besser. *Und über den Po kommt die Krawatte!*

Alina zog den Gürtel herum und befestigte den Schlips an der gegenüberliegenden Seite. Das Ganze wieder richtig herum gezurrt, tanzte Alina nochmals vor dem Spiegel. *Immer besser!*

Aber der Schal um ihre Brust gefiel ihr nun nicht mehr, es sollte doch etwas Farbenfroheres sein. Alina probierte zuerst ein blaues T-Shirt – nicht sexy, dann ein lachsfarbenes Oberhemd, dessen Ärmel sie aufkrempelte und das sie unter der Brust verknotete – *bedeutend besser!* Sie probierte noch einige andere Farben aus, um sich dann doch für den Schal zu entscheiden, den sie anfangs bereits angelegt hatte.

Bei dieser ganzen Modenschau hatte Alina gar nicht auf die Zeit geachtet. Als sie nun hörte, wie Jens die Wohnung betrat, fuhr sie erschrocken zusammen. Zum Aufräumen blieb keine Zeit mehr, sie packte die Kleidungsstücke und warf sie schleunigst zurück in den Kleiderschrank, so sah zumindest das Schlafzimmer wieder ordentlich aus. Um auch im Kleiderschrank für Ordnung zu sorgen, würde sie hoffentlich noch Gelegenheit finden. Dann trat Alina schnell auf den Flur, um Jens zu begrüßen.

«Hallo Kleines, lass dich anschauen. Was trägst du für ein hübsches Röckchen, dreh dich mal, oder komm besser mit ins Wohnzimmer und tanz mir etwas vor!»

Jens öffnete den ihr noch nicht bekannten Raum und ließ sich auf ein weißes Ledersofa fallen. Die Beine legte er bequem auf einen kleinen Hocker gleichen Materials und erwartete nun gespannt Alinas Vorführung. Erst zögernd, dann immer lebhafter ließ Alina Tücher und Krawatte fliegen. Sie wirbelte herum, ließ ihre Brüste vibrieren und den Schal, der ihre Nippel verbarg, dabei immer weiter rutschen. Ihre Brustspitzen lugten nun schon keck hervor, als Alina sich breitbeinig vor Jens hinstellte und beim kreisen ihrer Hüften langsam ein Tuch nach dem anderen herauszog und, nachdem sie es ein paar Mal wie ein Lasso über ihrem Kopf geschwungen hatte, frech zu ihm herüber warf. Als das letzte Tuch gefallen war, nahm Alina übermütig den Schal und drückte Jens eines der Enden mit einem schelmischen Lächeln in die Hand. Das andere Ende hielt sie sich dicht vor die Brust und wickelte sich mit langsamen Drehungen immer weiter ein, bis sie direkt vor ihm zu Stehen kam. Jens war begeistert. «Komm mit, du Teufelsweib!» Er packte Alina und zog sie hastig mit sich ins Schlafzimmer. *Gott sei Dank, dass ich die Sachen vom Bett geräumt habe!*

Dort angekommen warf er sie aufs Bett, packte derb ihre Brüste und knetete sie lüstern durch. Seinen Mund presste er indessen auf den ihrigen und saugte Alinas Zunge, bis diese ängstlich aufbegehrte.

«So willst du es doch, aber es wird noch besser, keine Sorge!»

Jens löste den Ledergürtel und band einen von Alinas Armen an den Bettpfosten. Dann sprang er aus dem Bett, um weitere Gürtel oder Tücher aus dem Schrank zu holen, damit er auch den anderen Arm und Alinas Beine fixieren konnte.

Alina wurde kreideweiß. Jetzt sah er es! Sie hatte erkannt, wie pingelig und penibel er mit seiner Kleidung umging. Der Kleiderhaufen auf dem Boden würde seinen geballten Zorn heraufbeschwören.

Sekunden verstrichen und wurden zu gefühlten Minuten. Alina starrte ängstlich zur Tür. Wo blieb er nur?

Dann betrat Jens wieder das Schlafzimmer. Sein Gesicht glich einer Maske, bewegungslos, erstarrt.

In seinen Händen erkannte Alina zwei weitere Gürtel. Ruhig, zu ruhig schritt er auf das Bett zu. Ohne Gefühlsregung griff er sich Alinas linken Arm und zog ihn zum Pfosten. «Festhalten!»

Alina griff zu. Nachdenklich betrachtete Jens die beiden Gürtel in seiner Hand. Der eine breit, mit einer großen silbernen Schnalle. Alina stellte sich vor, wie Jens ausholte und diese Schnalle auf ihre empfindlichsten Stellen herniedersausen ließ. Sie hatte plötzlich ein anderes Bild vor Augen. Sieh sah den Fleischklopfer in der Hand ihrer

Mutter, wie er auf das Kotelett eindrosch, wieder und immer wieder, bis der Widerstand des zarten Fleisches gebrochen war und es flach und breit vor ihr lag.

Der andere Gürtel war ziemlich schmal. Wie es aussah, liefen die Längsseiten spitz zusammen. Jens zog seinen Finger darüber. Ein dünner roter Streifen blieb auf seiner Kuppe zurück. Häme zeichnete sich in seinem Gesicht ab, als er Alina einen Blick daraufwerfen ließ. «Ordentlich ausgepeitscht zu werden ist für dich das Geilste, das weiß ich. Ich lasse dir wieder ein Mal die Wahl. Du darfst entscheiden, welcher Gürtel dich in ... Ekstase treiben darf!» Jens hatte nach einem geeigneten Ausdruck gesucht. «Ekstase» traf es beim besten Willen nicht!

«Du hast die Wahl, Kochlöffel oder Teppichklopfer!»

Alina war von der niedrigen Kante, die den Autowaschplatz vom Garagenhof abtrennte, über die dahinterliegende Pfütze gesprungen. Darüber – sie hatte das Verbot ihrer Mutter befolgt, sie war keinesfalls hineingesprungen. Doch vom Fenster aus musste es einen anderen Eindruck hinterlassen haben. Mit lauter, unbeherrschter Stimme rief die Mutter Alina nach oben. Eine ausgedehnte Strafpredigt prasselte auf das kleine Mädchen ein. Keine Rechtfertigung wurde akzeptiert, Alina konnte ihre Mutter nicht von ihrer Unschuld überzeugen.

Sie hatte sich damals für den Kochlöffel entschieden. Er war viel kleiner. Diese Entscheidung sollte ein Glücksgriff sein, nach dem dritten Hieb auf ihren nackten Po zerbrach der Löffel. Es war vorüber.

Wie gern hätte sie es jetzt mit einem Kochlöffel zu tun.

Jens wurde ungeduldig. «Wenn du dich nicht entscheiden kannst, wirst du in den Genuss von Beiden kommen, nacheinander. Ich schlage vor, der mit der schönen Schnalle leistet die Vorarbeit und ...» «Ich hab mich entschieden! Ich möchte den schmalen Gürtel!»

Nun packte Jens ihren linken Fuß und zog ihn ebenfalls zum Pfosten hinauf, um ihn zusammen mit ihrer Hand mit dem breiten Gürtel zu fixieren. Der rechte Fuß wurde ebenso hochgebunden, und Alinas intimste Stellen lagen jetzt völlig frei, schutzlos jeder Misshandlung ausgesetzt. Alina zitterte. Auch bei ihrem ersten Besuch in Jens' Wohnung hatte sie Angst, er könnte ihr mehr weh tun, als sie ertragen konnte, aber sie war nicht angeschnallt gewesen und hätte ihre empfindlichsten Stellen notfalls verbergen können. Doch das hier war anders, diese verhaltene Wut, die sicher gleich umso heftiger ausbrechen würde. Ihre Unfähigkeit, sich auch nur ein kleines bisschen zu bewegen. Alina war der Panik nahe.

«Du bist so blass geworden, hast du auf einmal keine Lust mehr? Du warst doch gerade noch so heiß auf mich.» Während er sprach, ließ Jens unaufhörlich den Gürtel durch seine Hand gleiten. «Nun sag schon. Das Spiel fängt doch gerade erst an. Ich erinnere mich, dass du einen sagenhaften Orgasmus hattest, als dich beim letzten Mal die Peitsche gestreichelt hat. Möchtest du das nicht noch einmal erleben? Es macht dich doch geil oder etwa nicht? Ich höre! Willst du noch einen solchen Orgasmus? Antworte!» «Ja!» «Willst du, dass ich dich schlage, willst du den Gürtel spüren? Antworte!» «Ja, ja, ich will! Ich will den Gürtel!»

«Hast du Strafe verdient? Antworte!» «Ja, ich habe Strafe verdient für mein Vergehen! Ich habe eine harte Strafe verdient!» «Dann bitte darum. Bitte mich um Schläge, die dir zeigen, was ein Mensch alles erragen kann!» Alina ganzer Körper erbebte. Doch so seltsam es war, nicht nur ihre panische Angst war die Ursache dafür. Ihr Lustsaft floss schon wieder in Strömen, sie war geil, sie wünschte sich tatsächlich, er würde Ernst machen. «Ja, ich flehe dich an, lass mich Schmerzen ertragen, die ich nicht ertragen kann, schlag mich, schlag mich, schlag mich!» Alina geriet tatsächlich regelrecht in Ekstase. Doch der erste Hieb wollte nicht kommen. «Schließ deine Augen und lass sie die ganze Zeit über geschlossen! Ich werde deine Schenkel und deinen Po schlagen und deiner Möse und deiner Rosette dabei immer näher kommen. Der letzte Schlag, der, der deine Mitte trifft, wird dieses Mal nicht ausbleiben!»

Alina erschauderte. «Damit du mir mit deinen Schreien gleich nicht die Polizei ins Haus holst, werde ich dich knebeln müssen!» Jens zog eines seiner großen Stofftaschentücher aus der Hosentasche, ein benutztes, wie Alina erkennen musste und stopfte es in ihren Mund. Mit einem breiten Pflaster, das er ebenfalls der Hosentasche entnahm, verschloss er diesen.

Hieb für Hieb klatschte daraufhin auf ihren Po nieder. Rechts, – links, – rechts ... die schmale Fläche des Gürtels drang umso tiefer und schärfer auf ihren Körper, wieder und wieder und wieder ...

Jens steigerte die Wucht seine Hiebe von Schlag zu Schlag. Alinas Schreie drangen durch den Knebel, das Zimmer konnten sie nicht verlassen. Nah, ganz nah war er ihrer Mitte, als die Hiebe aussetzten. Alina, die wie verlangt die Augen fest verschlossen hatte, begann zu wimmern. Gleich kommt er! Gleich kommt der Schlag! Jetzt muss er kommen! Jetzt! Wo blieb er nur? Sollte sie die Augen öffnen? Nein! Sie wollte es nicht sehen, wollte nicht mit ansehen, wie er ausholte und ihre empfindlichsten Körperteile zerschlug! Ihr ganzer Körper war verkrampft. Oh Gott, lass es ein Ende finden!

Da durchschnitt ein animalischer Schrei, von dem Alina später nicht mehr sagen konnte, ob von ihr oder ihrem Peiniger ausgestoßen, ob real oder nur in ihrem Kopf zu hören, die angespannte Ruhe im Zimmer. Im gleichen Moment überfiel ein Höllenfeuer sowohl Kitzler als auch Schamlippen und Rosette, das Alina nahezu an den Rand einer Ohnmacht brachte.

Ihre Füße wurden befreit und sanken langsam auf das Laken zurück. Ihre Hände löste Jens ebenfalls, und instinktiv suchten sie den Weg zu ihrer Scham. Es fühlte sich kalt an. Keine Schmerzen. War das der Schock? Alina stellte die Beine auf und strich mit den Fingern über ihre Schenkel. Sie brannten wie Feuer, aber auch dieses Mal war kein Blut geflossen.

Ein zweites Mal betastete Alina ihre Schamlippen und befingerte ebenfalls die dahinterliegende Öffnung. Kein Schmerz. Das Laken war nass, plötzlich fühlte Alina etwas Eisiges in ihrer Hand. Sie nahm es auf. Tatsächlich, ein kleiner Eiswürfel. Entgeistert blickte sie zu Jens auf, der neben dem Bett stand und sie beobachtete. «Du hast mich wieder verschont?» «Ich habe dir einmal gesagt, ich mute dir nicht mehr zu, als du ertragen kannst, vergessen? So vertraust du mir also!» «Aber du hast gesagt, der letzte Hieb in der Mitte bliebe dieses Mal nicht aus.» «Ist er auch nicht. Du hast ihn nur nicht mehr gespürt. Er hat dich eher sachte getroffen, nachdem ich das Eiswasser zwischen deine Beine gegossen hatte. Diese Strafe hattest du verdient, ich bin sehr eigen mit meinen Sachen. Aber dass ich dich ernsthaft verletzte Kleines, das brauchst du nicht zu befürchten. Dafür bist du mir viel zu kostbar.»

Oh ja, das war sie. Sein großes Fest, seine Einweihungsfeier, wenn man so wollte, sollte in drei Wochen stattfinden. Dann musste sie gut in Schuss sein. Keine Wunden! Verletzungen der Genitalien könnten sich entzünden und Scherereien machen. Er durfte nichts riskieren, dabei musste er sich schon mächtig zusammenreißen, als er den Frevel entdeckt hatte. Nur zu gern hätte er durchgeführt, was er angedroht hatte.

«Geh jetzt duschen und dann zieh dich an. Ich habe ein paar Sachen hier, die dir passen müssten. Ich fahr dich dann nach Hause!»

Alina tat, wie ihr geheißen und verschwand im Bad. Sie war total erschöpft. Lange blieb sie unter der Dusche stehen und ließ das Wasser über ihren Körper rinnen. Ganz vorsichtig tupfte sie ihre malträtierten Körperstellen ab und schlüpfte in den Jogginganzug, den Jens ihr bereit gelegt hatte. Sie wollte jetzt nur noch nach Hause und schlafen.

Bevor Alina vor ihrer Haustür aus dem Wagen stieg, nahm Jens sie zärtlich in seine Arme. «Denk daran, du bist mein Juwel. Du brauchst mich, denn ich gebe dir, was du am meisten begehrst, ohne das du nicht leben kannst. Ich passe auf dich auf, dass dir nichts geschieht. Wenn ich mir vorstelle, in was für Hände du fallen könntest, bei deiner Veranlagung ... du brauchst Schutz, und den gebe ich dir, auf mich kannst du dich verlassen. Wir gehören zusammen!» Sanft küsste er ihre Lippen. Als Alina aussteigen wollte, hielt er sie noch einmal zurück: «In drei Wochen nehme ich dich mit zu einem großen Fest. Nur ausgewählte Gäste, ausgesprochen nobel. Es wird dir gefallen. Jetzt ruh dich aus, du siehst erschöpft aus. Bis bald!»

Alina schloss die Tür hinter sich. Sie zog den Stecker des Telefons und schaltete ihr Handy aus. Sie brauchte jetzt Ruhe. Dem Wohnzimmerschrank entnahm sie eine geöffnete Flasche Wein, Voscarini, ein trockener Weißwein, dessen Aroma sie ein wenig an Veilchen erinnerte. Sie goss sich ein Glas ein und kuschelte sich auf ihr bequemes Sofa.

Das waren zwei ereignisreiche Tage gewesen. Alina musste ihre Erlebnisse erst einmal verarbeiten.

Die Obdachlosen, Alina dachte mit Schaudern daran zurück, wie die Decke fortgezogen wurde und sie in diese Gesichter starrte. Abgestumpft vom Alkohol und von der Hoffnungslosigkeit eines Lebens ohne Perspektive. Der abstoßende Geruch ungewaschener, ungepflegter Leiber stieg ihr wieder unvermittelt in die Nase und vor Ekel bekam sie eine Gänsehaut. Sie hatte erwartet, in einer teuren Nachtbar auf zu treten, Ironie des Schicksals. Die letzten Minuten in ihrem Käfig verdrängte sie lieber. Es war zu widerlich.

Sie war bis in ihr tiefstes Inneres verletzt worden. Was er ihr damit angetan hatte, war nicht zu entschuldigen und doch war sie bei ihm geblieben, hatte sich einlullen lassen von seinem heiteren Auftreten, seiner Fürsorglichkeit, einem einladenden Frühstückstisch und dem Champagner!

Diese teuflische Lust, die er später in ihr erweckt und so erschöpfend befriedigt hatte, ließ den Gedanken an eine Gegenwehr dann endgültig verstummen.

Jens. Seine letzten Worte klangen noch lange in ihr nach. Hatte er Recht? Sie hatte diese Veranlagung, das ließ sich nicht leugnen und wenn sie jemandem in die Hände fiele, der sie nur ausnutzen, nur für seine, wie auch immer gearteten Zwecke missbrauchen wollte, sie könnte sich mit Sicherheit nicht dagegen wehren. Jens. Ihr Beschützer. Abermals hatte er mit ihrer Angst gespielt, doch nur, weil er wusste, wie sehr es sie beim letzten Mal erregt hatte. Abermals hatte er sie verschont. *«So vertraust du mir also!»*

Beschämt erinnerte sich Alina an diese Worte. Er wollte sie nur glücklich machen, seine dominante Veranlagung mit ihrer devoten Natur verknüpfen, ergänzen. Sie gehörten zusammen. Sie würde ihm ab jetzt ihr uneingeschränktes Vertrauen schenken.

5. Das Fest

Labsal der Mächtigen
Zur Ergötzung gedacht
Benutzt
Missbraucht
Und wieder fort gebracht

Am Abend vor dem großen Fest, empfing Alina noch eine E-Mail zur Erinnerung:

«Mach dich bereit! Samstag achtzehn Uhr. Ich erwarte, dass du komplett enthaart bist, sei gründlich! Deine Haut cremst du nur mit geruchsneutralem Öl ein, und du verwendest auch kein Parfüm! Wenn du abgeholt wirst, ziehst du den Mantel und Pumps an!»

Alina wurde heiß wie Lava. Noch vor dem PC onanierte sie und rief dabei laut seinen Namen. Endlich würde sie wieder geballte Lust spüren. Welche Erniedrigungen, welchen Lustschmerz hatte er diesmal für sie vorgesehen? Als der Samstag endlich vor ihr lag, war Alina aufgeregt wie ein kleines Kind vor Weihnachten.

Die halbherzige Einladung ihrer Kolleginnen zu einem Discobesuch hatte sie wieder einmal abgelehnt.

Den ganzen Tag widmete Alina ihrem Körper. Sie befolgte Jens' Anweisungen genau, nahm sich Stunden Zeit, um jedes noch so kleine Haar auszuspähen und ihm den Garaus zu machen und ihren Leib mit Öl zu massieren, damit er geschmeidig war.

Ihrem Haar gönnte sie eine Kurpackung und Farbauffrischung, obwohl es diese eigentlich gar nicht nötig hatte. Schon immer wurde sie um ihren kastanienbraunen, dichten Schopf beneidet. Alina wollte so begehrenswert wie nur möglich für ihn sein, aber warum durfte sie nicht verführerisch duften?

Eine halbe Stunde vor dem vereinbarten Zeitpunkt war sie fertig. Nervös lief sie durch die Zimmer, sah immer wieder zur Uhr, ging noch mal zur Toilette ...

Achtzehn Uhr! Pünktlich schrillte die Türglocke. Alina zog schnell den Mantel über und begab sich auf den Weg in ein neues Abenteuer.

Das Taxi brachte sie nicht zu Jens' Wohnung, sondern setzte Alina vor einem noblen Hotel ab. Ein junger Angestellter erwartete sie schon und sie Alina zu einem abgetrennten Raum, der offensichtlich für eine Feier vorbereitet wurde.

Hier nahm Jens Alina in Empfang und führte sie sogleich in einen angrenzenden Toilettenraum. Er nahm ihr den Mantel ab und warf einen prüfenden Blick auf ihren Rücken, der zum Glück keinerlei Spuren ihrer letzten Zusammenkunft mehr aufwies.

Für die Begutachtung ihres Intimbereiches musste Alina sich mit gespreizten, durchgedrückten Beinen tief bücken, woraufhin Jens mit einer Taschenlampe jede Körperfalte genauestens untersuchte, ob sich nicht doch ein vergessenes Haar fände. Die Suche blieb erfolglos, Alina hatte gründliche Arbeit geleistet.

Glücklich über Jens' Lob, richtete Alina sich wieder auf.

«Du wirst dir jetzt einen Einlauf verpassen und wenn du gründlich sauber bist, wirst du erfahren, welche Aufgabe dir heute zugedacht ist!»

Alina sah ihn entgeistert an. Sofort musste sie an die Tomatensoße denken. Sollte so etwas noch einmal geschehen, vor all den noblen Herren? Das konnte nicht wahr sein!

Aber so lautete nun einmal ihr Auftrag und Alina leistete ihm Folge. Beim zweiten Mal würde es nicht mehr so demütigend sein.

Als sich ihr Darm wieder beruhigt hatte, und auch ihre Blase geleert war, führte Jens sie in einen Küchentrakt. Unterwegs erfuhr sie, was an diesem Abend noch für sie vorgesehen war.

Sie sollte der Höhepunkt eines Herrenabends sein, aber nicht etwa um Mitternacht nackt aus einer Torte springen, sondern den Männern im wahrsten Sinne des Wortes auf der Zunge zergehen! Die Einzelheiten würde sie noch früh genug erfahren.

Alina brannte vor Erregung!

Sie musste ihr Haar unter eine Gummihaube stecken, die reichlich mit Perlen und Glassteinen bedeckt war. Die Haarpackung hätte sie sich also sparen können, niemand würde ihren verführerisch glänzenden Schopf auch nur zu Gesicht bekommen.

Der Lederstring, welchen sie anschließend anziehen musste, ließ ihren Schritt offen. Dieser String, saß verdammt eng und drückte sich fest zwischen ihre Pobacken. Er war unangenehm. Ein kleiner Schlitz im Lederstreifen, genau in der Höhe ihres Afters, irritierte Alina, doch die Aufforderung, sich nun rücklings auf einen Tisch zu legen, die Beine zu spreizen und sich zu entspannen, lenkte sie von dem String ab.

Was würde jetzt wohl mit ihr geschehen? Alina tat, wie ihr geheißen und erwartete neugierig, was nun auf sie zukommen würde.

Jens verließ die Küche, und ein ihr unbekannter Mann trat auf sie zu. Er stellte eine Weinflasche an ihrem Fußende ab und zog aus einer Tasche einige Klemmen verschiedener Größe und ein Klistier.

Alina war von dem Geschehen an ihrem Fußende so gefangen genommen, dass sie nicht mitbekommen hatte, wie sich von ihrem Kopfende her zwei weitere Männer genähert hatten.

Jeder ergriff nun eines ihrer Beine, um es weit zu sich heran zu ziehen. Alina schrie vor Schreck laut auf. Ihr war klar, was nun folgen würde. Allein die Tatsache, wie eine Weihnachtsgans gefüllt als lebende Weinflasche missbraucht zu werden, war eine Demütigung ersten Grades, aber die Art und Weise, wie diese Männer mit ihr umgingen, als sei sie nur ein lebloses Stück Fleisch, ohne Gefühle! Das war eine Unverschämtheit!

Der Typ vom unteren Ende füllte das Klistier mit Wein, führte es in ihre Scheide ein und verschloss diese mit einer der größeren Klemmen. Nun presste er den Wein in ihren Leib und zog das Klistier vorsichtig zurück. Eine kleinere Klemme verschloss nun auch diese kleine Öffnung und verhinderte so, dass der Wein wieder zurücklief. Der Mann füllte das Klistier aufs Neue, entfernte die kleine Klemme, um das Gerät sofort wieder in die Öffnung zu schieben und zu entleeren. Diese Prozedur wiederholte, bis nichts mehr hineinging.

Alina spürte, wie die kühle Flüssigkeit ihre Scheide dehnte. Die Klemmen schmerzten, sie mussten fest sitzen, um dem Druck standzuhalten.

Die junge Frau fühlte sich plump, das Gefühl pinkeln zu müssen, gleich auszulaufen war so erniedrigend. Die Dehnung der Scheide begann zu schmerzen, und das war offenbar erst der Anfang, was stellte man noch mit ihr an?

Einer der Männer stellte einen Rollwagen direkt neben ihren Tisch und mit Hilfe von allen dreien rollte Alina sich nun über eine Seite so darauf, dass sie im Vierfüßlerstand zu knien kam.

Die Flüssigkeit in ihrem Unterleib schwappte hin und her, Alina war schwer und fühlte sich so hässlich und unattraktiv wie nie zuvor, sie hätte heulen können. Aber offensichtlich war sie wenigstens dicht.

Alina spürte, wie die kleine Klemme entfernt wurde, und sich aus ihrem Körper ein Rinnsal in ein Glas ergoss. Die Klemme verschloss sie wieder. «Es funktioniert, sie ist einsatzfähig!» «Gut, dann kann der Konditor jetzt erst mal weiter machen!»

«Sie ist einsatzfähig!» Sie sprachen nicht einmal mit ihr, sie war nichts weiter, als ein Werkstück!

Alina hörte, wie sich Schritte näherten, der Konditor. Dieser Mann arbeitete allein und war offenbar ein redseliger Zeitgenosse. Er erklärte Alina genau, wie er sie appetitlich und verführerisch gestalten würde. Er begann damit, ihren Rücken, von den Schultern bis kurz vor dem Lederband mit dickflüssiger Vollmilchschokolade zu bestreichen. Die äußeren Ränder wurden mit Marzipanstreifen beklebt, in die er symmetrische Linien eindrückte. Dieses rechteckige Feld belegte er nun mit verschiedenen, erlesenen Pralinen in kunstvollen Mustern.

Alinas Stirn und Wangen sowie ihre Arme, Bauch und weitestgehend auch die Beine wurden von dunkler Zartbitterschokolade verhüllt.

Unter ihre naturbelassenen Brüste stellte er kleine Schalen, gefüllt mit einer sirupartigen Masse. Alinas Knospen wurden kurz hineingetunkt, so dass die klebrige Süßigkeit sie umhüllte und langsam in dünnen Fäden wieder in die Schale zurücklief.

Selbst Alinas Fußsohlen verschonte er nicht, sie wurden ebenso wie ihre Handrücken mit einer Schicht Nougat versehen.

Alina war froh, als der Konditor endlich seine Arbeit beendet hatte. Es fiel ihr schwer, die ganze Zeit völlig bewegungslos zu verharren.

«So, dein großer Auftritt ist nicht mehr fern, na dann, viel Vergnügen!» Der Konditor verließ die Küche.

Für einen Augenblick hatte sie ihren Po tatsächlich vergessen, denn als Alina abermals Schritte vernahm, erwartete sie schon, in den Festsaal geschoben zu werden, doch das Schlimmste sollte ihr noch bevorstehen.

Sie bemerkte, wie sich eine Hand langsam und vorsichtig unter das Lederband ihres Strings schob. Ihr After wurde mit Öl geschmeidig gemacht, und schon spürte sie, wie etwas hineingeschoben wurde. Der Likör, oder was auch immer es sein mochte, wurde wie das Seifenwasser zuvor mit einem Klistier in Alinas Darm gespritzt, der alsdann sofort mit einem Stöpsel verschlossen wurde, welchen man an dem Lederstring befestigte.

«Das ist jetzt für dich sehr unangenehm, aber mit jedem Gläschen lässt der Druck nach, und der Chef wird die Gäste gleich zu einem Umtrunk einladen. Auslaufen kannst du nicht, auch wenn du das Gefühl hast, gleich müsse eine Fontäne aus dir heraus schießen. Der Hahn in deinem Hintern ist sicher fixiert, und hält dem Druck auf jeden Fall stand, für dich wird's allerdings schmerzhaft, wenn es länger dauert.»

Alina geriet in Panik: «Das halt ich nicht aus, der Druck ist jetzt schon zu stark!»

«Sei still und konzentrier dich, und fang bloß nicht an zu heulen!»

Die energische Stimme des Mannes ließ keinen Widerspruch zu. Behände befestigte er noch Wunderkerzen zwischen Alinas Zehen und Finger, und steckte weitere aufgefächert in ihren Mund. Auf das Kommando eines Kollegen, der im Festzelt Bescheid gesagt hatte, wurden die Wunderkerzen entzündet, und Alina in die Höhle des Löwen geschoben.

Die letzten Worte von Jens Ansage gingen unter in den erstaunten Ahs und Ohs, die von allen Seiten in ihre Ohren drangen.

Der Raum lag im Dunklen, und Alinas strahlende Erscheinung zog alle Blicke auf sich. Als die Wunderkerzen erloschen, war sie umringt von mindestens zwanzig Männern. Doch das war Alina völlig egal, mit zusammengepressten Pobacken wartete sie nur darauf, dass Jens endlich den Hahn aufdrehen und sie von dieser Tortour erlösen würde.

Jens entfernte die Wunderkerzen. Die Deckenbeleuchtung erhellte den Raum nun wieder, doch Alinas Wahrnehmung beschränkte sich ausschließlich auf ihren Schließmuskel.

«... und so lasst uns trinken auf diesen gelungenen Abend, an dem wir, da bin ich mir sicher, noch viel Freude haben werden! Ein edler Tropfen aus einem besonderen Fass!»

Endlich drehte Jens den Hahn auf, und das erste Pinnchen wurde gefüllt. Weitere folgten nun, bis ihr Darm keinen Tropfen mehr hergab.

Alinas Bauchschmerzen waren mittlerweile kaum noch zu ertragen, es würde eine Weile dauern, bis ihr Darm sich beruhigt hatte. Dazu kam ja noch der Wein, der ihren Unterleib füllte.

Mit einem schmatzenden Geräusch wurde der Hahn aus ihrem Po gezogen. Die peinlichen Geräusche, die nun folgten, ließen Alina vor Scham tief erröten.

«Wer möchte, kann das Fässchen noch auslecken, vielleicht erwischt er doch noch einen Tropfen!» Dröhnendes Gelächter erfüllte den Raum. «Ansonsten hält dieser leckere Körper nicht nur Schokolade sondern auch noch einen hervorragenden Rotwein bereit, öffnet sie mit der hinteren Klemme. Es stehen geeiste Gläser bereit. So schön der Behälter auch ist, der Wein dürfte zu warm sein, aber zweimal im Glas geschwenkt und er ist perfekt temperiert. Wer Gefallen an einem veredelten Himbeersirup findet, von Alinas Nippeln gelutscht, schmeckt er doppelt so gut, also guten Appetit, sie steht euch zur Verfügung!»

Alina kochte vor Wut!

Die ganze Zeit sprach Jens in diesem süffisanten Ton, titulierte sie als Fass und Behälter. Er sah ihr nicht einmal ins Gesicht, sondern tätschelte lediglich den geschwollenen Bauch, als er den Wein anpries. Nun zog er sich einfach zurück, und überließ sie dieser angetrunkenen Meute. Sie war natürlich nicht die erste und einzige Alkoholquelle an diesem Abend.

Die Klemme an Alinas Scheide wurde in einer Tour geöffnet und wieder geschlossen. Ihre Schamlippen waren schon ganz wund. Gleichzeitig zerrten Hände, mehr oder weniger grob, nach ihren Brüsten, um den klebrigen Sirup von ihren Spitzen zu lutschen.

Münder leckten ihren Körper, ihr Gesicht und mittlerweile auch jede Körperöffnung. Was erwarteten sie nur in ihrem Mund vorzufinden?!

«Du sollst auch nicht leben, wie ein Hund!» grölte ein Gast, während er seine mit Schokolade beschmierten Finger in ihren Mund schob. «Leck sie sauber!» Das hatte Vorbildfunktion. Nun musste sie ständig irgendwelche Finger ablutschen.

Als man nicht mehr ohne Verrenkungen an jede Schokostelle herankam, musste Alina aufstehen, und ihre Arme und Beine in verschiedenen Stellungen präsentieren. Sie war froh, sich endlich wieder bewegen zu dürfen.

In dem Maße, wie ihre Bauchschmerzen nachließen, wuchs ihre Erregung. Die Wut verging und machte Platz für eine Lust, die beständig zunahm, mit jeder Zunge auf und in ihrem Körper, mit jeder Hand, die sie zwickte und in sie eindrang. Besonders die groben Berührungen machten sie heiß!

Offensichtlich ging es nicht nur ihr so. Die ersten Hosen wurden heruntergelassen, und mit der Aufforderung, jeder, der diesem himmlischen Körper ein Getränk entnommen habe, müsse jetzt auch wieder etwas zurückgeben, packte der Erste ihre Schultern, drückte Alina wieder auf die Knie und drang stürmisch in ihren Mund ein.

Dieser Aufforderung wollten natürlich auch alle anderen Folge leisten, und sogleich spürte sie, wie zwei kräftige Arme ihre Schenkel packten und spreizten. «Streck deinen Arsch hoch!» «Hey, wartet mal, das dauert mir zu lange, da kann auch ein Dritter noch seinen Spaß haben!»

Der Wortführer legte sich auf den Rücken und Alina musste auf sein hervorstehendes Glied gleiten. Dabei hatte sie ihren Oberkörper so weit hinunterzubeugen und den Po in die Höhe zu strecken, dass ein zweiter Mann auch noch in diesen eindringen konnte, während sie dem Dritten, ihren Mund anbot.

Die anderen Männer feuerten die drei an und klatschten im Rhythmus der schneller werdenden Stöße in die Hände. Es war ein Hexenkessel!

Multiple Orgasmen schüttelten Alinas Körper, kaum hatte der eine abgespritzt, wurde er auch schon zur Seite geschoben, um dem nächsten Platz zu machen.

Alinas Kräfte waren bald aufgebraucht. Sie konnte sich kaum noch aufrecht halten. Alles war überreizt und tat ihr weh. Wie viele Männer hatten sich schon mit ihr vergnügt? Noch immer sah sie in geile Gesichter, wenn sie aufblickte. «Ich kann nicht mehr, hört auf!» Flehte sie, doch niemand hörte ihr zu.

Hände packten Alina und legten sie so auf einen niedrigen Tisch, dass ihr Po leicht über die Kante reichte. Ihre Beine wurden angewinkelt und gespreizt, und schon wieder drängte sich ein harter Knüppel zwischen ihre wunden Lippen. Ihr Po wurde jetzt verschont, Gott sei Dank.

Während ein zweiter Mann ihren Kopf zur Seite drehte, um so in Alinas Mund einzudringen, hockte sich ein Weiterer über sie, und rieb sein Glied zwischen ihren Brüsten, die Alina zusammenpressen musste. Auch in dieser Stellung sollte sie etliche Männer über sich ergehen lassen, die meisten ließen es nicht bei einem Schuss, sondern gönnten sich wiederholt dieses Vergnügen.

Zwischendurch flößte man ihr immer wieder Wein ein, zum Nachspülen, wie jemand grinsend meinte.

Als Alina zu sich kam, wusste sie nicht, wo sie sich befand, und was mit ihr geschehen war.

Ihr Kopf dröhnte. Der Gaumen schmerzte bei jedem Schlucken, und sie hatte einen widerlichen, pelzigen Geschmack im Mund.

Bei dem Versuch, sich zu drehen, spürte sie, dass alles, aber auch wirklich jede Stelle ihres Körpers weh tat, vor allem die Öffnungen ihres Unterleibes brannten.

Alina öffnete die Augen, und erkannte Jens' Zimmer. Sie lag in dem breiten Bett, an das sie so schöne Erinnerungen knüpfte.

«Du bist ja wach, ich lasse dir ein heißes Bad ein, das wird dir jetzt guttun. Danach frühstücken wir erst mal ausgiebig!»

Wie war sie hier hingekommen? An Jens hatte sie nur eine schwache Erinnerung. Da war ein Fest, und sie sollte der Höhepunkt sein.

Nach und nach dämmerte es ihr. Die Männer, die immer wieder über sie hergefallen waren, ihre Verzweiflung, als sie es nicht mehr aushalten konnte, vor Schmerz und Schwäche um Hilfe flehte, wo war Jens da? Warum hatte er ihr nicht geholfen? Wo war er den ganzen Abend über?

In ihrer letzten Erinnerung, hatte er den Wein in ihrem Bauch angepriesen und sie für die Meute freigegeben! Er hatte sie als «Behälter» tituliert, ein Fass, ein Fass war sie für ihn, nichts als ein Weinfass!

Tränen der Enttäuschung stiegen in ihre Augen. Er sollte ihr Beschützer sein. Wie schon beim ersten Treffen, hatte er sie hilflos allein gelassen. Alina wollte sich gerade vorsichtig aus dem Bett schieben, als Jens wieder das Schlafzimmer betrat. Fürsorglich half er ihr beim Aufstehen, säuselte ihr zärtliche Worte ins Ohr, und geleitete sie ins Badezimmer.

«Ich bereite erst mal das Frühstück vor, dann helfe ich dir beim Waschen!»

Alina war froh, allein zu sein. Mit zusammengepressten Lippen, ließ sie sich auf die Toilettenschüssel nieder, und stellte sich auf den Schmerz ein, der ihre wunde Scheide beim Wasserlassen überfallen würde.

Als sie diese Sitzung überstanden hatte, ließ sie sich in das wohlige Badewasser sinken. Ihr ganzer Körper war klebrig, und sie wollte endlich alles von sich abwaschen, den ganzen vergangenen Abend.

Leise betrat Jens wieder das Bad. Mit sanften Händen wusch er ihre Haare, seifte Alinas Körper vorsichtig ein, und tupfte sie mit einem vorgewärmten Handtuch trocken, nachdem er ihr aus der Wanne geholfen hatte. Mit einem wohlriechenden Öl salbte er Alinas strapazierte Haut, und ließ sie in einen weichen Bademantel schlüpfen.

Die ganze Zeit über schwiegen beide. Alina war mit ihren Zweifeln, diese Beziehung betreffend, beschäftigt, und Jens schien zu spüren, dass er ihr diese Zeit geben musste.

Erst, als Alina am Frühstückstisch einen großen Becher Kaffee getrunken hatte, richtete er wieder das Wort an sie:

«Das Fest war ein großer Erfolg, alle waren ganz hingerissen von dir. Bist du deinen Grenzen dabei näher gekommen? Das Alles habe ich im Grunde nur für dich arrangiert. Du bist unersättlich, und dein Verlangen ist noch immer nicht gestillt. Das spüre ich, und auf mein Gespür kann ich mich verlassen.»

Alina starrte ihn entgeistert an. War er übergeschnappt? Wenigstens zwanzig Männer hatten sich über sie gewälzt und ihren Körper dabei zerschunden, und er glaubte zu spüren, dass ihr das noch nicht genügte? Entrüstet erhob sie die Stimme, um ihm klar zu machen, wie schrecklich sie sich fühlte, doch Jens schnitt ihr das Wort ab.

«Ich weiß, mehr Männer könntest du wohl nicht ertragen, aber das meine ich auch nicht. Du hast dich öffentlich zur Schau gestellt, du hast deinen Körper auspeitschen und dich auf jede denkbare Art und Weise, stundenlang durchficken lassen. Das Alles hat dich aufs Höchste erregt, das kannst du nicht leugnen!»

Alina wollte widersprechen, aber hatte er nicht recht?

Sie hatte sich geschämt wie nie zuvor in ihrem Leben, als sie in dem Café und auf dem Platz fremden Menschen ihren fast nackten Körper zeigen musste, aber auf der anderen Seite hatte es sie auch erregt wie nichts zuvor.

Wie Jens ihren Körper zugerichtet hatte, als sie die beiden Male die Zeit ausschließlich miteinander verbringen konnten, war ein Hochgenuss und zu spüren, wie in jede ihrer Öffnungen gleichzeitig ein Schwanz gestoßen wurde, während andere dabei zusahen, das hatte ihr Orgasmen ohne Ende beschert. Er hatte recht, aber warum war sie nicht zufrieden, fühlte sich nicht befriedigt? Hatte sie tatsächlich noch nicht genug Schmerz und Erniedrigung erfahren? Etwas in ihr wollte sie warnen, so konnte man nicht argumentieren. Der Grad der Befriedigung ließ sich offenbar nicht mit der Steigerung von Demütigungen erzielen. Aber wenn er doch recht hatte? Der Zweifel in ihrem Gesicht, ließ Jens erneut das Wort ergreifen: «Es gibt Frauen, die finden Erfüllung darin, sich einem Mann, oder auch mehreren, zu unterwerfen, und zwar vollkommen und in jeder Hinsicht. Absoluter Gehorsam wird mit Liebe und Zärtlichkeit belohnt, und dafür leben sie. Du bist eine solche Frau. Ich werde dich glücklich machen. Nächsten Samstag wirst du mit mir auf ein anderes Fest gehen, ein Freund richtet es aus. Du wirst nicht das einzige weibliche Wesen sein, aber alle anwesenden Frauen haben dienende Aufgaben. Keine Angst, dieses Mal wird dich kein Mann berühren, du lernst eine neue Form der Erniedrigung kennen. Es wird eine Herausforderung für dich sein.

Wenn du dann mit dem Frühstück fertig bist, zieh dich an, ich bringe dich nach Hause.»

Alina war völlig verwirrt. Gehorsam stand sie auf und tauschte den Morgenmantel gegen ihren Trenchcoat. Jens fuhr sie bis vor ihre Haustür, und dieses Mal verabschiedete er sich mit einem langen zärtlichen Kuss, bevor er wieder davonbrauste.

Apathisch betrat Alina ihre Wohnung, blieb ein paar Minuten vor dem Fenster stehen und suchte dann ihren alten, bequemen Trainingsanzug hervor, um sich in eine Decke gehüllt auf ihr Sofa zu verkriechen.

Sie musste das alles erst einmal in Ruhe überdenken.

Ihr Gefühl sagte ihr, dass sie sich auf einem gefährlichen Weg befand, der nur in eine Richtung führte – hinunter in den Abgrund.

Wie tief war sie schon gesunken? Alle Freunde hatte sie bereits verloren, die Beziehung zu ihren Eltern lag auf Eis, niemand verstand sie. Wie denn auch? Es gab ja nur noch ein einziges Thema, um das sich all ihr Denken drehte: Sex, Sex, Sex, je abartiger, desto besser. Sie war besessen von dieser Lust.

Alina machte immer extremere Erfahrungen, doch Erfüllung fand sie nicht, es war wie eine Sucht. Hatte er vielleicht recht? War es ihr vorbestimmt, ihr Leben als Sklavin zu verbringen?

Welche Erniedrigung mochte Jens sich dieses Mal ausgedacht haben?

Alina wusste nicht, was sie tun sollte. Sie hatte auch nicht die Kraft, jetzt eine Entscheidung zu treffen. Sie wollte an nichts mehr denken, schlafen, ja, auf weichen Schwingen davonfliegen, in einen langen, traumlosen Schlaf. Gut, dass sie noch Schlaftabletten da hatte, Sie schluckte zwei und spülte sie mit einem großen Glas Wasser hinunter. Sie hatte noch viel Zeit für eine Entscheidung, eine ganze Woche.

Als sie wieder erwacht war, fühlte Alina sich schon viel besser und in der Lage, ihre Situation objektiv zu überdenken.

Fakt war einerseits:

Sie war masochistisch veranlagt und fand sexuelle Erfüllung nur bei einem dominanten Mann durch Unterwerfung.

Sie hatte einen solchen Mann gefunden und absolute Höhepunkte erfahren.

Sie hatte die Chance, diese Beziehung zu intensivieren und ihr Leben danach auszurichten.

Die Kehrseite:

Diese Erfüllung hielt nur für kurze Zeit und hinterließ das Gefühl, schmutzig, verkommen und wertlos zu sein.

Die sexuelle Gier hatte den Charakter einer Sucht, das hieß, sie würde wahrscheinlich immer extremere Praktiken brauchen, um diese Erfüllung für immer kürzere Zeit zu genießen.

Wenn sie ihrer Neigung nachgab und ihr weiteres Leben in die Hände dieses Mannes gab, würde sie unweigerlich auch den letzten Rest Selbstachtung verlieren.

All ihre sozialen Kontakte würden endgültig zerstört, sie lebte dann nur noch für diese Sucht.

Fazit:

Die negativen Folgen dieser Beziehung überwogen haushoch.

Sie musste die Sache beenden.

Der Entschluss war gefasst. Sie konnte es beenden. Eine Mail genügte, und alles wäre vorüber. Es war ganz einfach, deshalb machte es auch nichts aus, wenn sie sich ein letztes Mal dieser Lust hingab. Danach würde sie Schluss machen.

Mit neuem Mut plante Alina ihr weiteres Vorgehen.

Jetzt gleich wollte sie einen Kuchen backen, den sie nach dem gemeinsamen Mittagessen präsentieren würde. Diese Mahlzeiten in vertrauter Runde hatte sie die letzten Male ausfallen lassen. Nun war eine Entschuldigung fällig, ihr würde schon etwas einfallen.

Morgen würde sie ihre Kolleginnen für Freitag in eine Cocktailbar einladen, um auch diese Kontakte wieder aufzufrischen. Alina war mit sich zufrieden. Der Sex musste einfach einen anderen Stellenwert in ihrem Leben einnehmen. Wie viele Frauen lebten sexuell unbefriedigt mit einem Mann zusammen, und waren doch glücklich?

Das Glück schöpften sie aus anderen Quellen. Kinder standen dabei ganz oben auf der Liste. Sie würde das auch schaffen. Ein netter Mann, mit dem man das Leben meistern und eine Familie gründen konnte, ließe sich bestimmt finden. Solch einen Mann hatte sie schon einmal gefunden, lange bevor die dunkle Lust Besitz von ihr ergriffen hatte. Schade, dass sie ihn wieder verloren hatte.

Wenn sie endgültig Schluss gemacht hatte, wollte sie erneut mit der Suche beginnen.

Voller Elan machte sich Alina in der Küche zu schaffen. Nach Durchsicht ihrer Vorräte, entschied sie sich für einen Zitronenkuchen, alle notwendigen Zutaten hatte sie da. Sie konnte sofort mit der Arbeit beginnen. Alina stellte das Radio an und summte beschwingt jeden Popsong mit. War ihr der Text bekannt, dann schmetterte sie ihn lauthals durch die Küche. Das Leben war schön.

Alina war so erleichtert, endlich eine Entscheidung getroffen zu haben. Ein dicker, schwerer Stein war ihr von der Seele gefallen.

Als der Kuchen im Backofen seiner Vollendung entgegenfieberte, stöpselte Alina das Telefon wieder ein und informierte die Eltern über ihr Kommen. Dann suchte sie sich etwas Legeres aus dem Kleiderschrank und machte sich fertig zum Ausgehen.

Anfangs waren ihre Eltern etwas zurückhaltend. Sie schienen ihr noch böse zu sein und trauten der glücklichen Heimkehr der verlorenen Tochter noch nicht ganz. Würde sie nach dem Mittagessen gleich wieder zur Uhr schielen und ihren baldigen Aufbruch einleiten? Doch Alina ließ keine derartigen Bemühungen erkennen. Im Gegenteil, nachdem auch die Schüssel mit Schokoladenpudding geleert war, zauberte sie einen selbstgebackenen Kuchen aus ihrer Umhängetasche hervor. «Ich hoffe, ihr habt heute Nachmittag nicht schon etwas anderes vor ...?» Eifrig versicherten die alten Herrschaften, dass sie gedachten, den ganzen Tag zu Hause zu bleiben. Das Wetter war nicht gerade einladend, schon seit den frühen Morgenstunden hatte ein nicht enden wollender Schnürlregen eingesetzt. Wer nicht musste, der setzte an einem solchen Tag keinen Fuß vor die Tür.

Erleichtert nahm Alina wieder am Esstisch Platz. «Ich möchte mich für mein seltsames Verhalten in der letzten Zeit entschuldigen!» Mit gesenktem Blick erklärte sie ihren Eltern, dass es da einige Probleme in ihrem Leben gegeben hätte, über die sie nicht sprechen könne. Sie sei psychisch sehr angeschlagen gewesen und depressiv geworden. Die erschütterten Bemerkungen beschwichtigte sie schnell. Ja, sie sei in ärztlicher Behandlung gewesen, und ja, nun ginge es ihr wieder besser. Sie wolle das Thema jetzt gern abschließen, es sei vorbei. Alinas Eltern hatten absolutes Verständnis für ihre Tochter und lenkten das Gespräch schnell auf ein anderes Thema.

Alina schämte sich. Ein großer Teil ihrer Erklärungen entsprach zwar der Wahrheit, aber eben nicht alles und ihre Eltern hatten es wirklich nicht verdient, angelogen zu werden.

Nachdem die Aussöhnung geglückt war, verbrachte die Familie noch ein paar entspannte Stunden miteinander, bevor Alina am Abend zufrieden nach Hause fuhr.

Auch der Abend mit ihren Kolleginnen wurde ein großer Erfolg. Gemeinsam hatten sie zunächst eine Cocktailbar besucht, um sich in Stimmung zu bringen. Nach dem Vorglühen mit einigen «Zombies» und «Piña Coladas» ging es weiter in die Disco, wo Alina so ausgelassen war, wie schon lange nicht mehr. Sie tanzte, sie flirtete und genoss den Abend in vollen Zügen. Die Musik riss sie mit sich, so dass all die quälenden Gedanken und Überlegungen weit fort flogen. Es ging ihr gut. Endlich ging es ihr wieder richtig gut. Ihren Kolleginnen hatte sie ebenfalls etwas von einer Depression erzählt, und dafür volles Verständnis erhalten.

Es war wieder wie in alten Zeiten. Alina war glücklich.

6. Grenzerfahrung

Ausgelotet
Die Grenze gesteckt
Doch will man dich treiben
Darüber hinweg

Heute Abend würde sie ein letztes Mal ihre dunkle Seite ausleben. Sie konnte es kaum erwarten, ihr Verlangen war noch immer da, stärker als jemals zuvor, so schien es ihr.

Den ganzen Tag über war sie wie aufgedreht. Im Bemühen, sich abzulenken, räumte sie ihr Bücherregal aus, entstaubte alles und sortierte die Bücher nach einem anderen System wieder ein. Ihre Romane waren nun keiner Einteilung nach dem Genre mehr unterworfen, sie reihten sich alphabetisch aneinander. Alina schaute zur Uhr, kochte sich Kaffee und machte sich abermals an ihrem Regal zu schaffen, um die alte Ordnung wieder herzustellen. Die Zeit wollte nicht verstreichen. Nun widmete Alina sich dem Kleiderschrank. Schon lange wollte sie einige Sachen ausmisten, um wieder Platz zu schaffen. Stück für Stück nahm sie sich ihre Kleidung vor. Es wurde begutachtet, abgeschätzt, angezogen, ausgezogen, entschieden und wieder verworfen. Als Alina endlich alles durchgegangen war, hatte sie lediglich zwei alte Blusen aussortiert. Sie war erschöpft, doch ein Blick zur Uhr munterte sie wieder auf. Es wurde Zeit, sich fertig zu machen. Alina sprang noch einmal unter die Dusche, cremte sich mit ihrer neuen Bodylotion ein und verteilte großzügig ihr kostspieliges Parfüm. Heute würde sie es hoffentlich mit Leuten zu tun bekommen, die es zu würdigen wussten.

Das Taxi stand pünktlich vor der Tür. Alina lief schon seit einer Viertelstunde ungeduldig in ihrer Wohnung auf und ab. Alle paar Minuten schaute sie zum Fenster hinaus, und als sie den Wagen entdeckte, war sie an der Haustür, noch bevor der Fahrer den Klingelknopf betätigen konnte.

Es war derselbe Fahrer, der sie schon nach ihrem ersten Date heimgefahren hatte. Alina errötete, er hatte sie natürlich erkannt. Sein Blick blieb an ihrem Mantel hängen – derselbe wie damals – und wieder war sie nackt darunter. Kleidung sei überflüssig, meinte Jens. Sie würde ohnehin ihre Aufgabe nackt ausführen.

Ohne den Fahrer anzusehen, setzte sie sich auf den Rücksitz, die Beine züchtig geschlossen und den Blick aus dem Fenster gerichtet.

Während der Fahrt, überlegte Alina, welcher Art die Demütigungen wohl seien, die gleich auf sie zukommen würden. Sie war so in ihre Gedanken versunken, dass sie die Landschaft vor ihren Augen gar nicht wahrnahm und keine Ahnung hatte, in welcher Gegend sie sich befand, als das Taxi nach einer langen Fahrt endlich zum Stehen kam. Alina schaute sich um. Sie standen vor einem herrschaftlichen Anwesen, das von einer hohen Mauer umgeben war. Lang gestreckte Felder fassten diesen Landsitz weitestgehend ein. Nur an der Nordseite wurde die Ackerfläche unterbrochen. Ein dunkler Tannenwald brach eine Kerbe in diesen sorgfältig angelegten Flickenteppich. Einzelne Bäume drückten sich dicht an die Mauer. Es wirkte irgendwie beängstigend. Wie die bedrohlichen Fühler eines geheimnisvollen, gefährlichen Tieres erschien Alina dieser Wald, der sich nach hinten immer weiter ausbreitete und den nördlichen Horizont gänzlich für sich in Anspruch nahm. Seltsam.

Ein schmiedeeisernes Tor wurde geöffnet, und im Schritttempo fuhren sie über eine breite Zufahrt, auf eine vornehme Villa zu. Sie passte so gar nicht zu der altherrschaftlichen Ausstrahlung der übrigen Anlage und dem geheimnisvollen Flair des alten Gartens. Die Villa war zu modern, sie war hier völlig fehl am Platz. Jemand mit etwas Gespür für Architektur hätte aus diesem Besitz ein Schmuckstück machen können, aber so ...

Der von einem Wachmann gesicherte Eingangsbereich strahlte eine kühle Eleganz aus, die sich im Inneren vermutlich fortsetzte.

Alina musste schlucken. Einladend wirkte diese Villa nicht. Ihre Nackenhaare sträubten sich, ohne dass sie sagen konnte, was sie eigentlich störte.

Das Tor war in eine hohe Mauer eingelassen, an dem sich Efeu zielstrebig emporrankte. Flankiert wurde es von alten, riesigen Rhododendronbüschen, die zurzeit in voller Blüte standen und mit ihren leuchtend gelben Blüten eine wahre Augenweide bildeten. Ein Meer von Maiglöckchen erhellte mit seinen weißen Glöckchen die dunkle Nordseite zu ihrer rechten und bildete einen hübschen Kontrast zum dichten Efeu an der Mauer und den dunklen Tannen, die dahinter die Mauer überragten.

Alinas Blick wanderte zurück zum Tor. Dieses Tor. Es war offenbar die einzige Verbindung zur Außenwelt. Es gab keinen Fluchtweg!

Warum dachte sie an Flucht?

Es würde sie noch nicht einmal jemand anfassen, woher die Angst?

Es muss eine Steigerung geben! Es konnte nicht sein, dass sie hier nur ein paar «harmlose» Stunden verbringen würde, es passte nicht. Jens hatte von einer neuen Demütigung gesprochen, einer Herausforderung!

Abseits des noblen Entrees öffnete sich eine unscheinbare Pforte. Eine Frau mittleren Alters kam auf den Wagen zu, entlohnte den Fahrer und forderte Alina auf, ihr zu folgen.

Gekleidet war sie wie eine Domina, schwarzes Leder von der Corsage bis zu den langen, hohen Stiefeln. Ihre Augen waren stark geschminkt, und Ihr ganzes Gehabe wirkte streng und dominant.

Wie von dem ganzen Anwesen, so ging auch von ihr eine eisige Kälte aus. Alina zitterte.

Was hatte Jens genau gesagt? *«Keine Angst, dieses Mal wird dich kein Mann anfassen!»* Sollte sie es etwa mit Frauen treiben? Das war überhaupt nicht ihr Ding, Alina war nicht bisexuell. Davon abgesehen hatte er gesagt, alle Frauen hätten nur eine dienende Funktion. Nun, wenn es den Männern Spaß machte, Frauen dabei zuzusehen?

Als sich die Pforte knarrend hinter ihnen geschlossen hatte, wartete bereits ein Bediensteter, um Alina Mantel und Stiefel abzunehmen. Die Tatsache, dass Alina nackt war, schien ihn nicht im Geringsten zu interessieren, er war offenbar daran gewöhnt, von nackten Frauen umgeben zu sein.

«Weiter!» Die «Domina», wie Alina sie heimlich nannte, ging zügig voran.

Sie musste sich beeilen, denn die Frau ging schnellen Schrittes, ohne sich auch nur einmal umzuschauen.

Der Boden unter Alinas Füßen war kalt. Die schmucklosen, kahlen Wände dieses endlos langen Flures, durch den sie der Frau nun folgte, schienen sie erdrücken zu wollen. Immer wieder zweigten sie ab in einen anderen, ebenso düsteren Gang. Es war der reinste Irrgarten. Würde sie hier jemals wieder allein zurückfinden?

Endlich blieben sie vor einer der Türen stehen. Die Frau in Leder öffnete, und sie betraten einen kleinen, gefliesten Raum.

Lediglich ein Ausgussbecken, auf dem ein Stück Seife lag und ein Wasserhahn darüber befanden sich hier, abgesehen von einem Plastikeimer, der neben dem Becken stand.

Gegenüber der Tür gab es einen Durchgang, der die Frauen in einen zweiten, weitaus größeren Raum führte.

Alina sah sich um.

Dieser zeigte keine Ähnlichkeit mit dem unscheinbaren gefliesten Raum, den sie soeben durchschritten hatten.

Der Fußboden des kreisrunden Raumes bestand aus weißem Marmor, ebenso die Wände, an denen in kurzen Abständen große, bis zum Boden reichende, goldumrahmte Spiegel hingen.

Wo auch immer man sich gerade in diesem Raum befand, man hatte jederzeit alles im Blick.

Das Zentrum des Raumes bildete eine Wasserfläche, in deren Mitte eine kleine marmorne Insel zu sehen war. Die Fläche des Pools maß im Durchmesser maximal drei Meter, eher etwas weniger. Alina kam der Gedanke an einen Burggraben, der als Schutz einer Wasserburg diente. Allerdings fehlte eine Zugbrücke, die zu der marmornen Insel führte.

In größerem Abstand umgaben diesen Pool drei, mit aufwendigen Schnitzereien verzierte Stühle aus Mahagoni, in deren Sitzfläche sich runde Löcher befanden.

Toilettenstühle? Wozu sonst, sollten die Löcher gut sein. Alina sah sich nach Schüsseln um, aber der Raum war ansonsten absolut leer.

Es gab nur den Eimer von nebenan, aber der schien hier, beim besten Willen, nicht hinzupassen.

Du wirst nicht die einzige Frau sein, aber alle haben dienende Funktionen!
«Du hast die Funktion dieses Raumes erfasst? Außer dir werden noch drei weitere Sklavinnen hier arbeiten. Eigentlich solltest du heute an einem der Sessel dienen, aber zu deinem Glück, bestehen die Herren der anderen drei auf eine Bestrafung ihrer Sklavinnen. Wie auch immer, es müssen stets vier Frauen hier dienen. Wenn die Gäste ihre Sklavinnen nicht dafür freigeben, müssen die hauseigenen Mädchen den Dienst tun. Aber das kommt selten vor. Um deinen Arbeitsplatz werden die Anderen dich beneiden. Du verbringst diesen Abend auf der Insel. Knie dich hin, massier deine Brüste, leck dir die Lippen ... Wenn ein Gast den Raum betritt, soll er das Gefühl haben, dass du ihn sehnsüchtig erwartest. Du bist begierig darauf, ihm als Baum zu dienen, an den er sein Wasser abschlagen kann.

Hast du das verstanden? Geh jetzt, ich will sehen, ob du es gut genug machst, sonst wird eines der anderen Mädchen liebend gern mit dir tauschen.

Alina starrte die Frau entsetzt an.

«Ich bin keine Sklavin, und Jens ist nicht mein Herr, wir haben nichts dergleichen abgemacht! Hierbei mache ich nicht mit, ich werde gehen!»

Die Domina lachte schallend auf.

«Was du abgemacht hast oder nicht, interessiert niemanden. Hier bist du als Sklavin, als Toilettensklavin um genau zu sein, und du wirst gehorchen! Ich wiederhole mich nicht!»

In diesem Moment betraten die anderen jungen Frauen den Raum. Sie hatten das Gespräch zum Teil mit angehört, und warteten nun gespannt, auf den weiteren Verlauf.

«Die Mädchen hier lassen sich lieber etwas nass machen, als ihre Hände unter den Sessel zu halten, und mit ihrer Zunge für Sauberkeit zu sorgen. Und wer rumzickt oder auch nur die Nase rümpft, wird statt der Hände, seinen Mund hinhalten. Ein Kieferspreizer hat sich schon hundertmal bewährt.

Ihr werdet hier die ganze Zeit überwacht, und jeder Gast wird von mir befragt, ob alles zu seiner Zufriedenheit gewesen ist!»

Mit einer Kopfbewegung forderte sie Alina ein letztes Mal auf, ihren Platz einzunehmen. «Stell dir vor, ich bin ein Gast!»

Raus hier! Schrie es in Alinas Kopf. Doch augenblicklich hatte sie wieder das Bild der hohen Mauer mit dem eisernen Tor vor Augen. Sie hätte besser auf ihre innere Stimme hören sollen, doch jetzt war es zu spät. Alina zögerte nicht mehr, sondern beeilte sich, auf die Insel zu gelangen.

Vor den Augen all der Frauen begann sie, ihre Brüste zu streicheln und zu kneten. Sie drückte sie zusammen und ließ sie hüpfen, während ihre Zunge langsam die Lippen befeuchtete. Dabei sah sie der Domina direkt in die Augen. Sie musste gut sein, umwerfend. Die Vorstellung, hinter einem der Sessel knien zu müssen, war so ekelerregend, dass Alina alles tun würde, um dem zu entgehen.

«Gut so! Du wirst natürlich am meisten in Anspruch genommen werden, aber glaub nicht, dass auf Grund der abendlichen Stunde die Anderen davonkommen werden. Ich bin überzeugt, einige der Gäste haben sich bewusst wieder darum bemüht, ihre Sitzung heute Abend in diesem Ambiente verrichten zu können!» Ihre Stimme klang spöttisch, als sie die jungen Frauen nun der Reihe nach hochmütig anschaute.

«Es ist soweit, die ersten Gäste werden gleich erscheinen, euer Dienst beginnt somit.»

Die Domina verließ den Raum durch die Tür. Offenbar befand sich dahinter ein Vorraum, von dem aus sie die Frauen beobachten konnte. Alina hatte inzwischen die Kameras ober- und unterhalb der Spiegel entdeckt.

Es dauerte nicht lange und der erste Mann erschien. Alina schaute lüstern in sein Gesicht und begann sofort mit ihrem Programm. Grinsend stellte er sich vor sie, öffnete die Hose und spritzte seinen Sekt über Alinas Brüste und in ihr Gesicht. *Sie musste gut sein, keine Klagen.* Genüsslich leckte sie die Tropfen von ihren Lippen. Der Gast schien zufrieden. Kaum hatte er den Raum verlassen, da traten gleich zwei weitere Männer herein, und wandten sich ebenfalls Alina zu. Sie ließ ihr Programm an diesem Abend unzählige Male ablaufen, und, auch wenn sie es sich nicht gern eingestand, es erregte sie. Ja, es machte ihr so viel Spaß, dass sie sich stets andere Varianten ausdachte, welche die Männer, auch nach mehreren Besuchen, immer wieder aufs Neue überraschten.

Natürlich kam auch Jens einige Male zu ihr. «Wie ich sehe, gefällt es dir, auch von den Anderen höre ich nur Lobenswertes. Ich bin stolz auf dich!»

Jens blickte zu den anderen Mädchen, dann wandte er sich wieder Alina zu. Grinsend ließ er sie den Mund öffnen, und während er zielsicher einen Strahl abgab, kündete er ihr die Fortsetzung ihrer Erniedrigungen an. «Demnächst wirst auch du weitere Hürden nehmen, und ich bin mir sicher, auch das wird dir Spaß machen, wenn es erst mal so weit ist. Du kennst keine Grenzen, du bist die geborene Sklavin. Niemals werde ich dich wieder hergeben!»

Alina musste sich zusammennehmen, um Jens nicht entrüstet anzuschreien. Sie war keine Sklavin! Bei allem, was vor diesem Abend mit ihr geschehen war, hatte sie freiwillig mitgemacht.

Wenn sie ihre Erregung, bei der ihr zugewiesenen Aufgabe, auch nicht verleugnen konnte, so musste sie sich doch jedes Mal beherrschen, um nicht angewidert das Gesicht zu verziehen, wenn eine ihrer Leidensgenossinnen aufgesucht wurde.

Es widerstrebte ihr, das Geschehen mit anzuschauen, und doch konnte sie den Blick nicht davon lösen.

Nachdem der Gast sein Geschäft erledigt hatte, was mitunter unerträglich lange dauern konnte, leckte das Mädchen ihn sauber, ohne dabei eine Mine zu verziehen. Keine der jungen Frauen, zeigte auch nur den Anflug von Ekel. Ob sie die andere Variante schon hatten erdulden müssen? Anders konnte Alina sich soviel Selbstdisziplin nicht vorstellen.

Anschließend leerten sie ihre Hände nebenan im Ausguss, wuschen sich und spülten ihren Mund mit viel Wasser aus. Wurde der Boden beschmutzt, so mussten sie diesen auf die gleiche entsetzliche Weise reinigen.

Der Eimer neben dem Ausguss, diente lediglich den Mädchen, wenn diese selbst einmal ein dringendes Bedürfnis hatten.

Nie, niemals würde sie so tief sinken, um an solchen Abscheulichkeiten Spaß zu haben! Die Ankündigung, sie demnächst auch davor nicht zu verschonen, bestätigte Alinas Entschluss, nach diesem Abend einen Schlussstrich zu ziehen.

Das Fest zog sich bis in die frühen Morgenstunden hin. Die Mädchen durften sich abwechselnd im Nebenraum die Beine vertreten, Alina musste auf ihrer Insel bleiben. Sie konnte sich recken und strecken, wie es ihr beliebte, wenn es den Männern nur gefiel.

Als endlich der letzte Gast verabschiedet wurde, durften auch die jungen Frauen ihren Arbeitsplatz verlassen.

Alina wusch sich notdürftig über dem Ausguss, die Domina hatte zusätzlich Shampoo, Einmalwaschlappen und Handtücher bereitgelegt. Nachdem sich alle Frauen gewaschen hatten, wurden sie wieder zum Ausgang geleitet, wo sie ihre Kleidung zurückbekamen. Vor der Tür wurde jede der Frauen von einem Chauffeur in Empfang genommen und zu den unterschiedlichen Limousinen geführt.

Auf Alina wartete der Taxifahrer.

Als sie in den Wagen einstieg, bemerkte sie Jens, der sich ebenfalls von ihm chauffieren ließ. Alina schenkte ihm keine Beachtung. Mit abgewandtem Gesicht stand sie die Heimfahrt durch, froh, dass er sie in Ruhe ließ. Es war zu Ende. Er war für sie gestorben. Als er sie darüber informierte, dass sie diese Nacht bei ihm verbringen würde, nahm sie es hin. Noch eine Nacht in seiner Nähe, was machte das schon aus. Es war vorbei, ob heute Abend oder morgen früh.

Alina folgte Jens in dessen Wohnung. Sie blieb lange unter der Dusche stehen und wusch sich mehrmals die Haare, bevor sie völlig erschöpft ins Bett fiel. Morgen würde sie Jens ihre Entscheidung mitteilen und dann ihr bürgerliches Leben wieder aufnehmen.

7. Wehrlos

Klar der Verstand
Er weiß genau was er will
Alles so leicht
Ein Kinderspiel
Doch er hat seinen Meister
Wieder mal unterschätzt
Die Lust regiert jetzt

Als Alina erwachte, war die Mittagszeit bereits überschritten. Kaffeeduft stieg ihr in die Nase, als Jens die Tür öffnete, um sie aus dem Bett zu scheuchen.

«Du bist eine Schlafmütze, gestern hast du dich nun wirklich nicht verausgaben müssen! Die Frauen im Festsaal hatten es da schon sehr viel anstrengender. Aber das kannst du dir ja vorstellen.» Jens ging zurück in die Küche und Alina kroch aus dem Bett, um ihre Morgentoilette zu verrichten.

Als sie in ihren Bademantel gehüllt die Küche betrat, forderte Jens sie mit einem Blick auf, sich zu setzen.

Er reichte Alina einen Kaffeebecher und informierte sie über seine weiteren Pläne. «Du wirst deine Wohnung aufgeben und zu mir ziehen. Ich will dich unter Kontrolle haben, damit du nicht auf dumme Gedanken kommst. Deine Arbeit behältst du, das Geld werden wir brauchen, aber über deine Arbeitszeiten wirst du mich genau informieren. Deine Termine, Arztbesuche et cetera stimmst du ebenfalls mit mir ab, ich will jederzeit wissen, was du machst.»

Alina saß mit offenem Mund da. Sie wollte die Beziehung beenden, und er plante ihren Umzug!

«Jens, jetzt mal halblang. So einfach geht das nicht. Du kannst nicht über mein Leben verfügen, als sei ich dein Eigentum. Da habe ich auch noch ein Wörtchen mitzureden und ich denke nicht daran, meine Selbständigkeit auf zu geben.

Der gestrige Abend war meine Abschiedsvorstellung. Ich will das nicht mehr. Du ziehst mich immer tiefer in einen Abgrund, aus dem ich bald nicht mehr herausfinde. Meine Selbstachtung schwindet immer mehr, wie sehr ich auch erniedrigt werde, es befriedigt mich immer nur für kurze Zeit und dann falle ich in ein tiefes Loch. Scham und Selbstverachtung, das sind die einzigen Gefühle, derer ich dann noch fähig bin. Ich habe beschlossen, diese Seite von mir zu ignorieren. Sexuelle Befriedigung kann nicht der Sinn des Lebens sein. Ich werde einen anderen Weg gehen, irgendwann eine Familie gründen und dabei mein Glück finden. Es ist vorbei Jens. Ich werde mich jetzt anziehen und gehen. Du siehst mich nicht mehr wieder!»

Während ihrer Rede, blieb Jens die ganze Zeit über still auf seinem Stuhl sitzen, den Blick auf seinen Kaffeebecher gerichtet, in dem er beständig einen Löffel kreisen ließ.

Als Alina nun aufstand, ergriff er abermals das Wort: «Setz dich!»

Maßlose Wut klang aus diesen Worten, und aus seinen Augen schossen tödliche Blitze.

«Wie naiv bist du eigentlich? Glaubst du wirklich, dein kleiner Verstand sei stark genug, gegen deinen übermächtigen Trieb anzutreten?

In zwei Minuten wirst du hier vor mir knien und meine Füße lecken, und dein Saft wird fließen vor Geilheit, wenn du mich anflehst, dich zu ficken!»

Ehe Alina reagieren konnte, stand er schon vor ihr, riss den Bademantel von ihrem Körper, und zwang sie, sie an den Haaren zerrend, auf die Knie.

«Spreiz die Beine und streck deinen Arsch hoch! Jetzt leck jeden einzelnen Zeh!»

Als Alina ihre Zunge herausgestreckt hatte, um die Zehen sowie deren Zwischenräume abzulecken, brauchte Jens sie nicht mehr festzuhalten. Allein die Konstellation: er stehend, und sie in dieser Körperhaltung zu seinen Füßen, ließ ihren Lustsaft fließen. Und wie er prophezeit hatte, steigerte sich ihre Erregung von Minute zu Minute. Sie öffnete ihren Mund, um die Zehen ganz in ihrer Höhle aufzunehmen und wild und leidenschaftlich daran zu saugen. Die Spitzen ihrer Brüste rieben dabei über den Boden, sie war so geil!

Alina wollte, dass er sie fickte, jetzt und hart! Sollte er doch recht behalten, es war ihr egal, diese verdammte Lust, nichts Anderes war mehr wichtig.

«Fick mich, bitte, bitte fick mich! Du hast Recht, ich brauch das, bitte!»

An den Haaren zerrte er sie hoch, um seinen Schwanz hart in ihren Mund zu stoßen. Immer wieder stieß er zu, ihr Würgen spornte ihn noch an. Dann warf er Alina auf den Rücken, legte ihre Beine über seine Schultern und drang mit festen Stößen zuerst in ihren Schoß, dann in ihren Po. Sie schrie auf vor Schmerz, was Jens immer weiter anfeuerte. Mit einem animalischen Stöhnen entlud er sich endlich in ihr und sackte auf Alina zusammen.

Nachdem sie ihn unterwürfig sauber geleckt hatte, zog Jens seinen Bademantel über und setzte sich wieder an den Tisch. Höhnisch blickte er auf Alina hinab, die noch immer auf dem Fußboden lag.

«Das wäre dann wohl geklärt. Zieh dich jetzt an. Du wirst die Wohnungskündigung unterschreiben, und dann fahre ich dich nach Hause, damit du packen kannst.

Heute Abend hole ich dich ab, dann sehen wir auch, welche Sachen ich noch verkaufen kann. Die Möbel und das meiste andere Zeug brauchst du ja nicht mehr!»

Alina tat, was er ihr sagte. Diese Unterschrift zu leisten, das war wie ein Schnitt durch die Nabelschnur. Sie wollte es nicht, noch immer nicht, aber Alina war zu erschöpft, um sich gegen ihn zu wehren. Mit dieser Unterschrift würde ihre Existenz als selbständige, freie Frau beendet sein. In Zukunft wäre sie nur noch Sklavin Alina! Gab es keinen Ausweg?

Zu Hause, noch war es das, setzte Alina sich auf ihr Sofa und betrachtete deprimiert ihr Reich, das sie so liebevoll eingerichtet hatte. Sie sah ihren Vater vor sich, wie er beim Tapezieren vergnügt vor sich hin pfiff; ihre Mutter, die ihr eifrig die Gardinen genäht hatte und zufrieden ihre Hand tätschelte, als alles an Ort und Stelle hing.

Sie sah sich mit ihren Kolleginnen bei einem Weiberabend herumalbern und Tränen rannen lautlos ihre Wangen hinab.

Wie sollte es nur weitergehen? Das Leben, das Jens ihr zugedacht hatte, das wollte sie nicht, auf keinen Fall.

Alina würde heute Abend nicht mit ihm gehen. Sie würde einfach nicht aufmachen, wenn er kam, oder besser noch, sie würde gar nicht da sein.

Sie könnte zu ihren Eltern fahren und bis in den späten Abend bleiben, ein Grund würde ihr schon einfallen, den Abschied hinauszuzögern. Jens würde wohl kaum die ganze Nacht Wache schieben. So wollte sie es machen. Die Kündigung konnte sie rückgängig machen, noch lag sie dem Vermieter ja nicht einmal vor. Und was Jens betraf, so musste Alina es einfach vermeiden, mit ihm allein zu sein. Früher oder später musste er einsehen, dass es keinen Zweck hatte.

Beruhigt, eine Entscheidung getroffen zu haben, legte Alina sich schlafen. Sie fühlte sich ausgelaugt und müde. Bis zum Aufbruch wollte sie sich noch etwas ausruhen.

8. Der letzte Ausweg

Das Leben – der Preis
Doch dann schließt sich der Kreis

Der Abend verlief genau nach Plan. Nachmittags fuhr Alina zu ihren Eltern und verbrachte einen unterhaltsamen Abend mit ihnen. Erst tranken sie gemütlich Kaffee. Alinas Mutter hatte ihren Lieblingskuchen gebacken, Käsekuchen. So lange sie sich erinnern konnte, wünschte Alina sich zu ihrem Geburtstag immer denselben Kuchen: Käsekuchen. Die Kaffeebohnen wurden bei ihren Eltern vor der Zubereitung immer ganz frisch gemahlen. Es gab zwar noch eine alte Kaffeemühle, die man mit der Hand betätigte, doch diese stand nur noch zu Dekorationszwecken auf dem Schrank. Benutzt wurde eine nun auch schon in die Jahre gekommene elektrische Mühle.

Das nachmittägliche Kaffeetrinken hatte sich in den letzten Jahren zu einer regelrechten Zeremonie entwickelt. Niemals durfte eine Tasse Kaffee auf die Schnelle, zwischen Tür und Angel hastig hinuntergestürzt werden. Als ihr Vater in Rente ging, hatten sich Alinas Eltern zunächst auf die neue Situation einstellen müssen, doch schon bald war der Tagesrhythmus neu strukturiert. Manche Verhaltensmuster hatten sich immer weiter ausgeprägt und wurden mit der Zeit zu einem festen Bestandteil, so wie dieses Kaffeetrinken.

Mutter breitete jedes Mal eine saubere Tischdecke aus, deckte das gute Geschirr ein und arrangierte der Jahreszeit entsprechend einen kleinen Blumenstrauß, ein Gesteck oder, wenn der Herbst Einzug gehalten hatte, auch nur ein paar Kastanien und einige Blätter hübsch gefärbten Laubes. Der Kuchen wurde auf einer Platte mit weißem Papierdeckchen serviert und Kerzenschein vollendete dieses Bildnis eines gut bürgerlichen Haushaltes. Bevor sie sich auf ihrem Platz niederließ, legte ihre Mutter eine Musik-CD ein, meistens wurde diese Stunde von Mozart oder Chopin begleitet.

Alina genoss diese Momente. Hatte sie früher auch oft die Augen verdreht wegen dieses spießbürgerlichen Verhaltens, so vermittelten sie heute ein tiefes Gefühl von Geborgenheit. Hier war die Welt noch in Ordnung.

Nachdem der Tisch wieder freigeräumt war, holte Alina die mitgebrachten Gesellschaftsspiele hervor und breitete sie vor ihren Eltern aus. Sie erinnerte an alte Zeiten, in denen man die Abende häufig mit diesen Spielen verbracht hatte und bald schon waren all die schönen Stunden wieder heraufbeschworen, die sie gemeinsam damit verbracht hatten. «Weißt du noch», warf immer wieder jemand ein, «weißt du noch, wie du wütend das Spiel vom Tisch gefegt hattest, als Papa zum dritten Mal hinter einander gewonnen hatte?» Ja, Alina wusste noch.

Man spielte Halma und Deutschlandreise, Scrabble und Risiko ... Zwischendurch machte sie mit ihrer Mutter einen Teller mit Schnittchen, die man während des Spiels verspeiste. Um Mitternacht ging Alinas Mutter zu Bett, doch ihren Vater konnte sie noch zu einer Partie Schach überreden. Dieses Spiel verband nur sie beide. Ihre Mutter spielte es nicht und so wollte ihr Vater die Gelegenheit nicht ungenutzt verstreichen lassen, dieses Strategiespiel mit seiner Tochter zu bestreiten.

Es ging schon auf zwei Uhr zu, als sie endlich in ihre Straße einbog.

Vorsichtig beobachtete sie die Umgebung. Alina hielt Ausschau nach Jens' Wagen. Er war nirgends zu sehen. Die Straße lag menschenleer vor ihr. Sie schaute hinauf zu ihrer Wohnung. Alles lag im Dunklen, wie es auch sein sollte. Nur in einem Nachbarhaus brannte noch in einer Wohnung Licht.

Erst als Alina sicher war, dass Jens nirgendwo auf sie lauerte, stieg sie aus und ging schnell auf ihre Haustür zu.

Geschafft! Die Wohnungstür fiel hinter ihr ins Schloss, und ein dicker Stein von Alinas Herzen.

Sie hängte ihre Jacke in die Garderobe und schritt zur Bar, um sich ein Glas Wein einzuschenken. Das hatte sie sich jetzt wahrhaftig verdient.

Da sah sie es. In rotes Seidenpapier eingeschlagen lag es mitten auf ihrem Wohnzimmertisch. Alina riss das Papier auf, und starrte entsetzt auf die CD-Rom.

«Alina, wie sie keiner kennt – Gute Unterhaltung!» Prangte darauf. Wie kam die hier her? Was auf der CD zu sehen sein würde, mochte Alina sich gar nicht ausmalen. Die konnte nur von Jens sein, aber wie war er hier herein gekommen? Sie hatte ihm keinen Schlüssel gegeben!

Alina bekam eine Gänsehaut. Ängstlich sah sie sich um, schaute ins Bad und in die Küche, in die Abstellkammer ...

Langsam, ganz langsam trat sie auf das Schlafzimmer zu. Wie gebannt blieb sie davor stehen, um auf Geräusche zu achten, die hinter der Tür auf einen Besucher schließen ließen. Sekunden streckten sich zu Minuten. Alinas Herz pochte wie wild, als sie mit einer heftigen Bewegung die Tür aufstieß.

«Da bist du ja endlich!» Ausgestreckt auf ihrem Bett liegend, blickte er ihr höhnisch grinsend entgegen. «Ich muss sagen, ich bin enttäuscht von dir, soviel Dummheit hätte ich dir nun wirklich nicht zu getraut! Was sagst du zu meinem kleinen Geschenk? Wir werden es uns gleich einmal zusammen ansehen, gieß uns schon mal ein Glas Wein ein, dann machen wir es uns gemütlich!»

Jens schwang sich aus dem Bett, und fröhlich vor sich hin pfeifend schlenderte er ins Wohnzimmer, um die CD einzulegen.

Mit zittrigen Händen brachte Alina die beiden Gläser und setzte sich zu ihm auf das Sofa.

Am liebsten hätte sie die Augen geschlossen, als sie sich nackt auf diesen Nachttopf zuschleichen sah, doch Jens zwang sie, hinzuschauen. Sie musste genau mit ansehen, wie sie auf den Rand pinkelte, seine gehässigen Kommentare über sich ergehen lassen.

Sie wusste, was als nächstes kam, und schämte sich fürchterlich, als sie sich abermals auf diesem Topf sitzen sah. Diesmal mit gespreizten Beinen und sich am Rand des Topfes rubbelnd.

Doch damit war der Film noch lange nicht beendet. Ihre Vorführung auf der Bühne, war ebenso aufgenommen worden, wie ihr Strip vor den Obdachlosen und ihre Teilnahme als «Gaumenfreude» auf dem Fest.

Es war ihr klar, dass auch die letzte, peinlichste all ihrer abartigen Darstellungen auf dem Bildschirm zu sehen sein würde.

Das Allerschlimmste an diesen Aufnahmen war die Tatsache, dass ihr Gesicht immer dann in Großaufnahme erschien, wenn sie unverkennbar erregt war, wenn jeder sehen konnte, dass es ihr Spaß machte.

«Und jetzt kommt das Sahnehäubchen!»

Bei der letzten Aufnahme amüsierte Jens sich köstlich. «Dieser Kameraschwenk ist in der Tat eine Offenbarung. Ein Blick in deine nahe Zukunft sozusagen! Sieh genau hin!»

Alina sah, wie sie auf der Insel kniete und ihre Brüste massierte.

Ihr Blick war lüstern auf den Mann vor ihr gerichtet, der sie mit seinem Natursekt bespritzte. Alinas Gesicht füllte den Bildschirm aus, als der Strahl ihren leicht geöffneten Mund traf.

Die Kamera nahm ihre Augen ins Wesir, als Alina zur Seite schaute.

Sie schien ihrem Blick zu folgen: zu dem Gast auf seinem «Thron», den gefüllten Händen des Mädchens, um in Großaufnahme auf ihrem Mund haften zu bleiben.

In Zeitlupe konnte der Betrachter beobachten, wie die Zunge ihrer anrüchigen Aufgabe nachkam. Schnitt: Die Zunge leckte nun genüsslich über die Lippen, der Mund wurde kleiner, das Gesicht erschien auf dem Bildschirm – Alina!

«Nein, das ist nicht wahr, das gibt ein ganz falsches Bild!»

Alina war zutiefst schockiert.

«Du scheinst es gar nicht abwarten zu können, den Kaviar zu kosten!» Jens brauchte eine Weile, um sich wieder einzukriegen vom Lachen.

«Was meinst du, werden deine Eltern auch so viel Spaß haben, beim Betrachten des Films? Und dein Chef? Deine Kolleginnen? Die Hausbewohner? Hab ich jemanden vergessen? Macht nichts, im Internet bist du für jeden zu sehen! Hier im Haus haben ihn sicher schon einige angeschaut. Du kannst ja mal nebenan klingeln und fragen, ob sie dir mit Sekt aushelfen können!» Selbstzufrieden grinste Jens Alina an.

«Um die Arbeitsstelle mach dir keine Sorgen, ich könnte mir vorstellen, dass du dich dort nicht mehr sehen lassen möchtest, aber ich habe schon etwas anderes für dich. Etwas, das besser bezahlt wird, und dir mehr liegt. Du musst wissen, das Fest, auf dem du der Höhepunkt sein durftest, hat mich 'ne Menge Geld gekostet. Es war sozusagen meine Einführung in diese erlauchte Gesellschaft. Jeder Teilnehmer muss wenigstens eine Sklavin haben, um an diesen aufregenden Partys teilnehmen zu dürfen. Da mein Einfluss sowie die finanziellen Möglichkeiten leider noch nicht mit denen der Anderen mithalten können, musste ich mit Fantasie, und einer besonderen Sklavin aufwarten. Ich muss sagen, es ist geglückt. Du warst tatsächlich ein Erfolg. Sowohl auf meinem Fest als auch in deiner Rolle als Toilettensklavin hast du dich bewährt. Auch wenn es nur die light Version war. Nun ja, es folgen noch viel Feste.

Ich habe bereits eine Firma für Wohnungsauflösungen kontaktiert, du brauchst dich um nichts zu kümmern. Pack ein paar Sachen zum Anziehen und dann fahren wir nach Hause. Die Wertsachen, Papiere und Kosmetikartikel habe ich bereits eingesteckt.»

Alina funktionierte wie eine Marionette. Aufstehen, zum Kleiderschrank gehen, Sachen herausnehmen, in eine Tasche stecken, zurückgehen, warten, dass die Tür geöffnet wurde, hinausgehen ... Hinter ihr schellte das Telefon. Das ging sie nichts mehr an. Niemanden, den sie kannte, wollte sie jemals wiedersehen.

Alina stieg in Jens' Wagen ein, stieg am Ziel wieder aus, betrat die Wohnung, blieb im Zimmer stehen. Ihr Kopf war leer.

Jens gab ihr Beruhigungstabletten und brachte sie ins Bett.

«Morgen beginnt dein neues Leben, ruh dich jetzt aus!»

Alina schloss die Augen, und wartete auf den Schlaf.

«Raus aus den Federn, ich habe heute noch einiges mit dir vor!»

Der Kaffeeduft verfehlte auch dieses Mal nicht seine Wirkung. Er holte Alina zurück ins Leben und an den Frühstückstisch.

«Du wirst dich jetzt erst mal stärken, dann machst du dich hübsch zurecht, und schon sieht die Welt wieder ganz anders aus.

Wir werden gleich deine neue Arbeitskleidung einkaufen. Heute Abend kannst du dann sofort mit deinem Job beginnen. Ich konnte dich in einem Privatclub unterbringen, du brauchst also nicht auf den Straßenstrich zu gehen. Freust du dich?»

Freust du dich? Wollte er sie verarschen? Sie sollte anschaffen gehen, damit er auf ihre Kosten an diesen perversen Partys teilnehmen konnte?

Alinas Starre löste sich langsam aber sicher auf. Ihr Gehirn arbeitete wieder. Die Erkenntnis über das ganze Ausmaß ihrer ausweglosen Situation brach mit aller Macht über sie herein.

Als sie das Haus verließen, war Alina die Ruhe selbst. Sie hatte sich genau überlegt, wie sie vorgehen würde.

Jens führte sie durch verschiedene Boutiquen, Sex-Shops und Kaufhäuser und Alina betete inbrünstig darum, dass ihr niemand begegnete, den sie kannte. Wer hatte den Film schon alles gesehen? Jedes Mal, wenn jemand zu ihr herübersah, wurde sie rot. Wusste er Bescheid? Jeder konnte sie bereits gesehen und wiedererkannt haben. Als Alina endlich mit allem Nötigen eingedeckt war, von Kosmetikartikeln über Reizwäsche, in Lack-, Leder- und Spitzenausführung, Kleider, von züchtig bis frivol und mehrere Großpackungen Kondome, auch diese in den verschiedensten Ausführungen und Geschmacksrichtungen, hatte das Spießrutenlaufen glücklicherweise ein Ende.

Alina schaute Jens unterwürfig an und richtete das Wort an ihn: «Ich weiß jetzt, dass ich keine andere Wahl habe und ich werde mich damit abfinden. Vielleicht gefällt es mir ja tatsächlich.

Heute fange ich also ein neues Leben an. Bist du so gütig, mich zur Feier des Tages zum Essen auszuführen? Ich weiß da ein Restaurant, das wollte ich immer schon einmal ausprobieren, bist du so lieb?»

«So gefällst du mir. Gut, sag mir, wo es liegt, und dann trinken wir auf unsere Partnerschaft!»

Partnerschaft! Von wegen!

Alina führte Jens zu einem kleinen Gasthof in der Nähe der Rheinbrücke. Ein Schild an der Tür verkündete, dass hier gutbürgerliche Küche serviert wurde, «wie bei Muttern».

«Ich hatte erwartet, dass du etwas Gehobeneres auswählen würdest, aber bitte, heute darfst du entscheiden!»

Alina erklärte Jens, dass sie bisher nur Lobenswertes über dieses Lokal gehört habe, nur ganz frische Zutaten würden verwendet, das Personal sei ausgesprochen freundlich und zuvorkommend, Extrawünschen würde, wenn es sich irgendwie bewerkstelligen ließe jederzeit nachgekommen und außerdem möge sie nun einmal gern deftige Hausmannskost.

Das Innere des Gasthauses sah, um es wohlwollend auszudrücken, schlicht und billig aus. Von einem einladenden Ambiente nicht die Spur und der Kellner, der nun auf sie zutrat, machte nicht den Eindruck, als wäre er im Umgang mit Gästen besonders geschult worden. Jens schaute Alina zweifelnd an.

Er verkniff sich einen Kommentar, sie gehörte eben einer anderen Schicht an und war mit den vornehmen Lokalitäten mit elitärer Küche nicht vertraut. Er würde es überstehen.

Wie nicht anders zu erwarten, hielt die Speisekarte keine Überraschungen bereit: Jägerschnitzel, Zigeunerschnitzel, Frikadellen ... mit Pommes oder Bratkartoffeln ... Salatteller ...

Jens entschied sich halbherzig für ein Zigeunerschnitzel mit Pommes und einem Salat, Alina wählte Frikadellen mit Bratkartoffeln. Als Jens die Weinkarte orderte, sah ihn der Kellner verblüfft an: «Es gibt Roten, oder einen Weißwein!» Jens entschied sich ebenso wie seine Begleitung für eine Flasche Wasser. Alina musste im Stillen schmunzeln, der elitäre Jens musste in einer besseren Imbissbude speisen, hoffentlich kam ihm kein Verdacht.

Nachdem Alina einige Bissen hinuntergewürgt, und mit Jens auf ihre «Partnerschaft» angestoßen hatte, entschuldigte sie sich, um die Toilette aufzusuchen. Sie wusste, dass das Fenster in der Damentoilette groß genug war, um mühelos hinauszuklettern, das war der einzige Grund, warum sie hierhin wollte.

Das Fenster stand offen. Alina stützte ihren Fuß auf dem Deckel der Kloschüssel ab und schwang sich hinauf auf die Fensterbank. Sie zog die Beine an und nach einer leichten Drehung ließ sie sie aus dem Fenster fallen, stieß sich ab und landete in einer kleinen Gasse auf der Rückseite des Restaurants.

So schnell ihre Füße sie tragen konnten, stürmte Alina in Richtung Rheinbrücke davon. Immer wieder warf sie ängstliche Blicke hinter sich. Hatte er es schon bemerkt? Hatte er schon die Verfolgung aufgenommen? Alina rannte, als ginge es um ihr Leben. Paradox! Es ging um ihr Leben, doch sie rannte nicht, es zu schützen. Endlich lag die Brücke vor ihr. Sie war frei! Frei, das zu tun, was zu tun ihr nun noch übrig geblieben war.

Es war im Augenblick nur wenig Verkehr. Lediglich vereinzelt überquerten Passanten die Brücke. Alina wartete einen günstigen Moment ab und kletterte dann über das Geländer. Ihre Hände umklammerten fest die Brüstung, weiß traten die Knöchel hervor. Dicht an das Geländer gelehnt stand sie da und starrte hinunter in die kalten Fluten.

Sie hatte es immer bereut, niemals schwimmen gelernt zu haben, nun sollte es ihr zugute kommen. In ihrem Herzen nahm sie Abschied von allen Menschen, die ihr lieb und wichtig waren. *«Verzeiht mir, dass ich euch Kummer machen muss! Ihr habt alles für mich getan und wart immer für mich da, dafür danke ich euch!»* Tränen traten Alina in die Augen, als ihr klar wurde, dass sie es versäumt hatte, ihren Eltern einen Abschiedsbrief zukommen zu lassen. Nun war es zu spät. Zu spät! Wie oft hatte sie sich in diesen zerstörerischen letzten Wochen diese Worte gesagt? Zu spät!

Alina holte noch einmal tief Luft, dann ließ sie das Geländer los, um ihrem Schicksal entgegenzufliegen.

«Nein!» Starke Arme griffen nach ihren Schultern. Alina versuchte, sich loszureißen, doch der Mann hinter ihr war stärker. Mit aller Kraft hielt er sie fest und zog sie zurück auf die sichere Seite.

Fest umschlungen hielt er die keuchende junge Frau, die nun in heftige Weinkrämpfe verfiel, an seine Brust gepresst.

«Dafür ist das Leben zu kostbar. Du versündigst dich! Ich nehme dich jetzt mit zu mir nach Hause und dann erzählst du mir, was dich dazu getrieben hat, so etwas Dummes zu tun. Keine Widerworte!»

Alina beruhigte sich etwas. Sie wollte protestieren, doch die Stimme des Mannes duldete keinen Widerspruch. Er hatte eine dominante

Art an sich, die Alina einschüchterte. Wenn er sie mitnehmen wollte, so würde sie sich fügen müssen. Er schien zu wissen, was das Beste für sie war.

Mit festem Griff packte der Fremde ihren Arm und schob sie energisch zu seinem Wagen.

Alina gab nach. Sich seinem starken Willen unterwerfend folgte sie seiner Anweisung, setzte sich auf den Beifahrersitz und schnallte sich an.

9. Bruder Johannes

... und erlöse mich von dem Bösen ...

Es war entzündet, das teuflische Feuer der Lust. Sein Blut pulsierte. Es pulsierte in dem Teil von ihm, der den Verlockungen Satans so brennend nachgeben wollte. Jedes Mal aufs Neue focht er ihn aus, diesen erbarmungslosen Kampf.

Peitsche und Dornen ließen das Blut über seinen Rücken fließen, sie sollten es fortlocken, fort von seiner schwächsten Stelle. Der Schmerz als Rettung. Rettung vor dieser teuflischen Versuchung, Rettung vor der Sünde!

Doch die Sünde hatte noch immer Macht über ihn. Wie beschämend war es, immer wieder zu sehen, zu spüren, wie er sich aufrichtete, wie er größer wurde, weiter strebte, als wolle er rufen: «Ja Satan, hier bin ich, schau mich an!»

Johannes drängte sich die blasphemische Version eines Bildes von Michelangelo auf: «Der Schöpfer erschafft Adam»

Adam liegt völlig entspannt auf der Erde. Sein schlaffes Glied ruht auf dem rechten ausgesteckten Bein, den Oberkörper stützt er auf seinem rechten Arm ab, während er seinen linken Arm auf dem angewinkelten anderen Bein abgelegt hat. Die Hand hängt lässig herab, wobei der Zeigefinger beinahe den Finger Gottes berührt, welcher aus dem Himmel herabzuschweben scheint.

Es hat den Anschein, als würde der Schöpfer Adam mit diesem Finger die Lebensenergie übertragen.

In *seiner* Version sah Johannes den lüstern grinsenden Teufel vor sich, wie er seinen Arm aus der aufbrechenden Erde streckt. Der Zeigefinger berührt beinahe die Spitze des aufgerichteten Gliedes, welches sich ihm wie magisch angezogen willig entgegenreckt. Adams ganzer Körper steht unter Spannung, Ekstase zeichnet seine Gesichtszüge. Es hat den Anschein, als übertrüge Satan mit seinem Finger das quälende Verlangen auf Adam, dieses nie enden wollende Verlangen nach der fleischlichen Lust! «Adams Verdammung» nannte Johannes fortan dieses Bild in seinem Kopf.

Es war in der Übergangszeit vom Jungen zum Mann, als ihn diese Vision zum ersten Mal überkam. Niemals hatte er mit jemandem darüber gesprochen, nicht einmal in der Beichte konnte er sich offenbaren, zu schrecklich war die Vision. Johannes musste allein mit dieser Schuld leben.

Er wollte befreit werden von dieser lustvollen Qual, von der qualvollen Lust! Wie oft war er nahe daran, der Versuchung nachzugeben und dieser Pein mit eigener Hand ein Ende zu bereiten, doch bisher hatte die Peitsche ihn noch immer davor bewahren können. Erst wenn der Schmerz kaum noch zu ertragen war, erst dann sollte er Erlösung finden, wenn sein Samen dem Körper in einem befreienden Strahl entwich.

Zurück blieb die Schuld.

Stets war er bemüht, seinen Blick abzuwenden von den Fallen, die Satan ausgelegt hatte. Frauen, die lüstern ihren Körper zur Schau stellten. Ihre Augen verführerisch geschminkt, ihre Brüste, die sich sie ihm unter engen Tops tief dekolletiert entgegenstreckten, das nackte Fleisch, das schamlos bis fast zur intimsten Stelle so öffentlich dargeboten wurde, über Hosen, deren Bund so tief saß, dass er mehr preisgab als er zu verbergen im Stande war.

Im Sommer war es am schwersten, ein gottgefälliges Leben zu führen. Wann immer es ihm möglich war, flüchtete er. Zum Glück gab es diesen Ort. Auch wenn ihn immer wieder Angst und Beklemmung befielen, wenn er sich ihm näherte, so war er doch ein Platz, an dem er unbehelligt von diesen gottlosen Menschen seine Tage verbringen konnte.

Sie hatte sich inzwischen beruhigt. Wie sie so neben ihm saß, mit gesenktem Kopf, erschien diese junge Frau völlig unschuldig, harmlos. Und doch war auch sie eine dieser Sünderinnen, die ihre üppigen Brüste unter einem engen, kurzen Top hervorstehen ließ und schamlos ihre unbedeckten Arme und den nackten Bauch einem jeden vorführte, wollte er es nun sehen oder auch nicht. Doch nicht nur das, noch vor wenigen Minuten war sie gar im Begriff gewesen, eine Todsünde zu begehen!

In letzter Sekunde war es ihm gelungen, sie über die Brüstung der Brücke auf die sichere Seite zu ziehen. Geheult und gezittert hatte sie wie ein Schlosshund, so dass er sich genötigt gefühlt hatte, sie an sich zu drücken und festzuhalten.

Dieser warme, weiche Körper. Die Reaktion hatte augenblicklich eingesetzt. Energisch hatte er sich wieder von der Frau gelöst, um sie, lediglich den Arm festhaltend, zu seinem Wagen zu führen. Er musste sie mit sich nehmen, damit sie diese abscheuliche Tat nicht doch noch durchführen konnte.

Alina hatte sich mittlerweile ein wenig beruhigt. Sie hatte bereits mit dem Leben abgeschlossen gehabt, das Geländer losgelassen und wurde schon von der Tiefe angezogen, als sie plötzlich spürte, wie jemand ihre Arme packte und sie zurück auf die Brücke zog. Nein! Sie wollte nicht, konnte nicht mehr! Das ganze Elend brach jetzt massiv über sie herein. Alina weinte, zitterte und war dicht davor, vollkommen zusammenzubrechen, wenn der Fremde sie nicht fest gehalten hätte.

Nun saß sie neben ihm auf dem Beifahrersitz und schaute verstohlen zu ihm hinüber.

Er trug einen dunklen, schon etwas abgenutzten Anzug. Die schwarzen Lederschuhe schienen ebenfalls in die Jahre gekommen zu sein. Alinas Blick suchte die Hände des Fremden, die etwas verkrampft das Lenkrad umfassten. Kein Ehering, das musste nichts heißen, wenn auch kein verräterischer weißer Streifen zu sehen war. Die Nägel waren kurz geschnitten und sauber.

An diesem Nachmittag schien die Sonne erbarmungslos von einem wolkenlosen Himmel herab, und so verwunderte es Alina schon sehr, dass dieser Mann unter der Anzugjacke auch noch ein langärmliges Hemd trug, dessen weiße Manschetten an den Handgelenken hervorschauten.

Was würde nun weiter geschehen?

Die schweigsame Fahrt endete in einer Straße, die zu beiden Seiten von Mietshäusern gesäumt wurde, die noch aus den sechziger Jahren stammten.

Die ehemals weißen Fassaden von einigen der Häuser erzählten stumm von den Zeiten, als der Ruß der Zechen noch das Blau des Himmels überdeckte. Die Anderen hatten in den zurückliegenden Jahren einen neuen Anstrich bekommen. Die Auswahl der Farben ließ nicht unbedingt darauf schließen, dass Stilsicherheit und Geschmack für die Wahl entscheidend waren.

«Wir sind da. Steig aus!» Alina schaute dem Fremden kurz ins Gesicht, zum ersten Mal.

Das glatte, dunkle Haar war streichholzkurz rasiert und ließ den Blick frei auf ein Gesicht, dessen Blässe so gar nicht der gegenwärtigen Jahreszeit entsprach. Ein Wintergesicht. Die spröden Lippen hatte er zusammengepresst. Ein verkniffener Zug beherrschte seine Mundpartie. *Wie eingemeißelt!*

Einzig die Augen bezeugten, dass dieses Gesicht nicht tot war. Ein seltsames Feuer brannte tief darinnen, ein Feuer, so heiß auf eine eigenartige Weise, die Alina so noch nicht erlebt hatte, und es hatten sie schon viele heiße Blicke getroffen.

Nachdem Alina auf den Bürgersteig getreten war und die Tür mit leichtem Schwung wieder zugeschlagen hatte, sah sie, wie die Hand des Mannes herübergriff, um das Knöpfchen herunterzudrücken, welches das Schloss verriegelte. Auch dieser Wagen, ein Ford, hatte schon viele Jahre seinen Dienst getan.

Nach dem Verschließen der Fahrertür rüttelte er noch einmal daran, um sicherzugehen. Während er daraufhin den Gehweg betrat, deutete er mit einem Kopfnicken zu der hinter Alina liegenden Haustür. Mit steifen Bewegungen öffnete der Mann das Türschloss und forderte Alina auf, ihm zu folgen.

Vier Treppen stiegen sie hinauf. Teilweise ließen die Wohnungstüren erkennen, wer dahinter zu Hause war. Schmutzige Kinderschuhe in verschiedenen Größen vor der einen Tür, ein getöpfertes Türschild mit den Namen der Familienangehörigen vor einer anderen und ein

Höckerchen mit Spitzendecke, auf der eine Grünlilie ihre hübschen Ausläufer in großer Fülle ausgebreitet hatte, vor einer dritten. Alina vermutete hier das Heim einer älteren Dame.

Die ganze Zeit über schwieg der Mann. Kein aufmunterndes Wort, um die Stimmung etwas zu lockern und Alina aufzuheitern. Während sie so hinter ihm her trottete, wurde sie das Gefühl nicht los, eine große Bürde für ihn zu sein. Alina bekam bereits Schuldgefühle, als der Mann endlich vor einer schmucklosen Tür stehen blieb und sich zu ihr umdrehte: «Wir sind da!» Zum ersten Mal verzog sich sein Mund zu einem Lächeln oder, treffender gesagt, zu dem zwanghaften Versuch eines Lächelns. Alina war nicht wohl in ihrer Haut. Einem Impuls folgend beschloss sie spontan, umzukehren. «Danke, es geht mir schon wieder viel besser, ich komme jetzt allein zurecht!» Hecktisch stieß sie diese Worte aus, um sich schleunigst umzudrehen und die Stufen wieder hinabzulaufen.

«Halt! Du wirst jetzt nicht gehen! Ich habe dir das Leben gerettet und somit ist es auch meine Aufgabe und Verpflichtung, mich um dich zu kümmern, bis du dein Leben wieder in den Griff bekommen hast!» Er schien verärgert, als er mit herrischer Stimme, die eine Entscheidungsfreiheit keinesfalls zuließ, zu Alina sprach. Demonstrativ hielt er ihr die Tür auf, als sie nun schuldbewusst seiner Aufforderung folgte. Wohin hätte sie auch gehen können?

Der schmale Flur war mit dem Nötigsten ausgestattet, ein paar Garderobenhaken, Schirmständer und Schuhregal, sowie eine winzige Kommode, über der ein kleiner Spiegel einen letzten, prüfenden Blick vor dem Verlassen der Wohnung einforderte. Johannes schob Alina durch eine der vier Zimmertüren und gebot ihr, sich zu setzten. Er wollte ihnen erst einmal Tee kochen. Dann wäre er bereit, sich ihrer Sorgen anzunehmen.

Das Zimmer, offenbar ein Wohn-Schlafraum, spiegelte dieselbe beklemmende Aura, die auch seinen Bewohner umgab, exakt wider. Nichts gab es hier, was der Vorstellung eines gemütlichen Zuhauses auch nur annähernd entsprach. Kein Sofa oder wenigstens ein bequemer Sessel war vorhanden. Lediglich ein schlichtes Bett, dessen Bettzeug militärisch penibel gefaltet war, sowie zwei Stühle, einer davon vor dem kleinen Schreibtisch unterhalb des Fensters stehend und der andere an einem Tischchen vor dem Bett. Alina zog diesen hervor und ließ sich resigniert darauf nieder. Die Lehne drückte ihr ins Kreuz. Wenigstens bequeme Stühle hätte er sich anschaffen können, die gab es auch in preiswerter Ausführung, denn vermögend schien der Typ ja nicht gerade zu sein.

Das Buch auf dem Tisch musste allerdings eine schöne Stange Geld gekostet haben, die Bibel war in dickes Leder eingebunden und mit Goldschnitt versehen.

Als Alina wieder aufsah, bemerkte sie, dass dieses Zimmer reichlich mit sakralen Gegenständen ausgestattet war. An den Wänden hingen verschiedene Kruzifixe und Ikonen und auf dem Schreibtisch lag ein wunderschöner Rosenkranz. Alina war auf die katholische Kirche nicht gerade gut zu sprechen, zu oft wurde man mit Doppelmoral und Scheinheiligkeit konfrontiert. Die erlesene Schönheit dieser kostbaren Perlenkette wusste sie aber durchaus zu schätzen. Alina konnte sich nicht zurückhalten, sie wollte den Rosenkranz nur einmal durch ihre Finger gleiten lassen.

Gerade als sie danach greifen wollte, kam ihr Lebensretter mit einer Kanne Tee und zwei Keramikbechern ins Zimmer.

Während der Fahrt nach Hause hatte Johannes darüber nachgedacht, warum Gott ihm diese Frau anvertraut hatte, denn Zufälle gab es nicht, alles war vorherbestimmt.

Sollte sie seine keusche Lebensweise auf die Probe stellen? War sie eine verlorene Seele, der er, Johannes, wieder auf den Weg der Tugend verhelfen sollte? Er war sich nicht sicher, was der Herr von ihm verlangte, doch Gott würde ihm zur rechten Zeit ein Zeichen geben, daran bestand absolut kein Zweifel. Er musste nur dafür sorgen, dass sie nicht wieder davonlief.

Im Treppenhaus war es beinahe dazu gekommen. Johannes musste sich mehr Mühe geben. Er war Gesellschaft nicht gewohnt, Damengesellschaft schon mal gar nicht. Johannes musste freundlicher und lockerer sein, um sie zutraulich zu machen. Er würde es versuchen. Bei einer Tasse Tee würden sie sich schon beide entspannen.

Als Johannes das Wohnzimmer betrat, musste er sich allerdings mächtig zusammenreißen, als er mit ansah, wie die Frau nach seinem Rosenkranz griff. Sie hatte ihn bemerkt und zuckte bei seinem Anblick erschrocken zusammen.

«Entschuldige, wenn ich dich erschreckt habe, aber der Rosenkranz bedeutet mir sehr viel. Setz dich doch, der Tee wird dir sicher guttun!»

Als Alina den Zorn in seinen Augen gesehen hatte, war sie regelrecht zurückgeschreckt. Hielt er sie etwa für eine Diebin? Nun ja, zu verdenken war es ihm nicht, er kannte sie schließlich gar nicht. Da er aber sogleich wieder freundlicher wurde, setzte Alina sich beruhigt zurück auf den Stuhl, nachdem sie sich wortreich entschuldigt hatte.

Der Mann, sicher war er ein Geistlicher, wenn er auch keinen dieser typischen Kragen trug, goss ihnen beiden Tee ein. Seine Hände zitterten dabei ein wenig. Den Zucker hatte er offenbar vergessen, doch Alina wollte nicht nachfragen.

«Ich denke, wir sollten uns erst einmal vorstellen. Ich bin Bruder Johannes. Du bist bei mir wahrlich in den besten Händen, und wenn ich dir hier auch nicht die Beichte abnehmen kann, so kannst du mir deine Sorgen und Nöte dennoch ganz offen anvertrauen!»

Er hätte ihr die Beichte zwar auch im Beichtstuhl nicht abnehmen können, denn Johannes war keineswegs dazu befugt, doch wenn man ihn beim Priesterseminar nicht haben wollte, so hatte das gar nichts zu bedeuten. Kein anderer führte ein so gottgefälliges Leben und war besser für das Priesteramt geeignet als er. Gott selbst hatte ihn berufen! Auch das Klosterleben hätte ihm sehr zugesagt, doch auch dort war man der Meinung, er habe nicht die richtige Einstellung und passe nicht in die Gemeinschaft. Johannes sah es eher so, dass Gott ihm einen ganz besonderen Auftrag zugedacht hatte und wer weiß, vielleicht war seine Stunde ja schon ganz nah.

«Ich heiße Alina!» Alina überlegte, was sie diesem Mann sagen sollte. Von ihrer Neigung und all den beschämenden Erniedrigungen, die sie ja letztendlich in der Mehrzahl selbst zugelassen hatte, konnte sie doch niemandem erzählen, einem Geistlichen schon mal überhaupt nicht.

Alina wand sich wie ein Aal, doch Bruder Johannes ließ nicht locker. Unnachgiebig bohrte er immer wieder nach und überzeugte sie mit der Behauptung, dass ihm als Priester nichts, aber auch gar nichts Menschliches fremd sei. Auch wenn er zölibatär lebe, so sei er durch das Sakrament der Beichte selbst mit den perversesten sexuellen Ausschweifungen vertraut. Seine Aufgabe sei es, die Sünden der Hilfe suchenden Menschen aufzufangen und ihnen einen Ausweg aufzuzeigen.

Irgendwann hatte er Alina so weit, dass sie endlich ihre Hemmung überwand und sich all ihren Kummer von der Seele redete. Einmal in Gang gesetzt war sie nicht mehr zu bremsen, jede einzelne Demütigung schilderte sie ihm ausgiebig, all ihre Schuldgefühle und Verzweiflung, die sie überkommen hatte, vertraute sie Johannes an. Bis ihr Innerstes genauso offen vor ihm lag wie die aufgeschlagene Bibel.

Johannes hatte all seine Überzeugungskraft aufwenden müssen, um die Frau endlich dazu zu bringen, sich ihm ganz und gar zu öffnen. Was ihm dann allerdings zu Ohren kam, war so unerhört und sündig, dass ihm die Schamesröte bis zum Haaransatz ins Gesicht stieg. Um sich nicht zu verraten, schlug er die Bibel auf und tat so, als würde er sich darin vertiefen.

«Rede weiter, lass nicht nach!» krächzte er mit trockener Kehle immer wieder, wenn ihr Redefluss doch einmal abzuebben drohte. Sein Blut raste durch den Körper, nicht nur in sein Gesicht, es durchströmte seinen Leib, um sich mit jedem beschämenden Bild, das während Alinas Beichte in seinem Kopf entstand, pochend in seinem Glied bemerkbar zu machen. Als seine Erregung erst einmal so weit angewachsen war, wollte er immer mehr Details hören: «Wie hat das Sperma geschmeckt? ... Hat das Glied oder die Kerze dir mehr Lust bereitet? ... Sag ganz ehrlich, erregt dich die Vorstellung, menschliche Exkremente mit den Händen aufzufangen und auf deiner Zunge zu spüren nicht doch? ...»

Als Alina ihren Weg über dem Marktplatz geschildert hatte, ihr Körper immer weiter entblößt, den Blicken ausgesetzt und die Hände fixiert an den Tüten, wurde er zurückversetzt in seine Kindheit.

Johannes war etwa zwölf Jahre alt. Samstagabends traf man sich stets mit einer befreundeten Familie, um gemeinsam zu beten, das Leben der Heiligen zu beleuchten und zu preisen und um sich über die verlorene Moral der heutigen Gesellschaft auszulassen. Die Kinder, das waren in seiner Familie vier jüngere Brüder und er sowie zwei kleine Buben und ein dreizehnjähriges Mädchen bei der anderen Familie, waren selbstverständlich mit dabei.

Sarah hatte langes, dunkles Haar, das in geschmeidigen Locken ihr madonnenhaftes Antlitz umschmeichelte. Ihre blauen Augen sprühten Funken, wenn dieses perlende Lachen über ihre roten Lippen fiel, und Sarah lachte oft, zum Verdruss ihrer Eltern, die etwas mehr Ernsthaftigkeit von ihr erwarteten. Johannes war bis über beide Ohren in sie verliebt. Natürlich durfte niemand davon wissen. Der Vater führte ein strenges Regiment. Von Gefühlsduselei hielt er ganz und gar nichts. Nicht einmal Johannes' Mutter konnte liebevolle Zuwendung von ihm erwarten.

Am Freitag konnte Johannes den angekündigten Besuch für den nächsten Tag kaum erwarten. Sarah – Endlich würde er ihr wieder nahe sein. In der Schule beachtete sie ihn kaum, es war ihr peinlich, wenn er sie anlächelte, doch an den Samstagen schenkte sie ihm stets das verführerischste Lächeln. Beim letzten Besuch hatte sie Johannes sogar unter ihren Rock sehen lassen. Ihm war fast die Luft weggeblieben, als sie ihm ins Ohr flüsterte, dass sie keinen Schlüpfer trage und er solle ihr nach oben folgen. Sarah stieg vor Johannes die Treppe hinauf. Sein Blick haftete unentwegt auf ihren Waden, wenn der Rock doch nur kürzer wäre. Oben angelangt blieb sie stehen, so dass Johannes auf der Treppe warten musste. Sie vergewisserte sich kurz, dass keine Zeugen in der Nähe waren und hob dann langsam ihren Rock bis über die Taille, drehte sich einmal im Kreis und ließ den Rock dann wieder kichernd hinunterfallen. Johannes war puterrot geworden. Er hatte beinahe Sarahs Spalte gesehen, doch dunkle Locken kräuselten sich davor und ließen diese geheime Stelle nur erahnen.

Er hatte keine Ahnung, was er sagen sollte. Sarah ergriff abermals die Initiative und scheuchte ihn die Treppe wieder hinunter. «Das

Abendessen ist gleich fertig, steh hier nicht rum, wir müssen in die Küche.»

Als Johannes am kommenden Freitag in seinem Bett lag, hatte er dieses Bild wieder vor Augen. Wie schon an den vorangegangenen Abenden, tastete seine Hand heimlich den Bauch hinab, bis zu der Stelle, die so drängend nach Berührung verlangte. Er rieb, erst zaghaft, dann immer heftiger. Stets das Bild von Sarahs nacktem Unterleib vor Augen.

Da wurde plötzlich die Bettdecke weggerissen. «Du verdorbener, dreckiger Bastard! Was bringst du für Schande über dieses Haus! Dein Schwanz soll dir abfallen, wenn du das noch einmal machst!» Sein Vater war regelrecht ausgerastet. Die Nacht musste Johannes ohne Decke im kalten Keller verbringen. Trotz seiner zwölf Jahre fürchtete Johannes sich noch immer im Dunklen, wenn das Geräusch trippelnder Mäusefüße Monster in seinem Kopf erschuf, und der Gedanke an all die großen schwarzen Spinnen, die er vereinzelt auch am Tage dort unten entdeckt hatte, trieb ihm kalten Angstschweiß auf die Stirn. Sein Vater hatte es verstanden, diese kindliche Furcht von Beginn an zu schüren und lebendig zu erhalten. Die Kellerstrafe war neben anderen ein äußerst wirkungsvolles Mittel, um Gehorsam einzufordern.

Doch diese Nacht war bei Weitem nicht das Schlimmste.

Am nächsten Tag schien der Vater die Angelegenheit wieder vergessen zu haben. Mit keinem Wort wurde das Vorgefallene erwähnt, und erleichtert freute sich Johannes schon auf das Erscheinen der Gäste. Kurz bevor es jedoch soweit war, trat der Vater auf ihn zu, packte ihn am Arm und zog Johannes ins Wohnzimmer hinein. Vor der Heizung musste er stehen bleiben und die Hände auf dem Rücken verschränken. Der Vater band sie zunächst zusammen und anschließend am Rohr des Heizkörpers fest. «Du hast dich versündigt an der heiligen Kirche und an Gott. Nun müssen wir dich wieder reinwaschen, wir alle. Ich bin froh, dass uns so gottesfürchtige Freunde zur Seite stehen, die bereit sind, deine Schuld mitzutragen und für dein Seelenheil zu beten!» Mit den letzten Worten zog er Johannes Hose samt Unterhose bis zu den Knöcheln hinunter. Seine Genitalien waren nun für jeden sichtbar!

Johannes bettelte und flehte, sein Vater möge ihn verschonen, doch er kannte ihn gut genug, um zu wissen, dass ihm diese Bloßstellung nicht erspart bleiben würde. Auf seine Mutter brauchte er gar nicht erst zu bauen, sie tat bedingungslos, was ihr Mann verlangte.

Mit Grauen sah Johannes der Ankunft der Gäste entgegen. Sarah – Sie würde diese Demütigung miterleben. Sie würde seinen Pimmel sehen. Er betete inbrünstig zu Gott, dieser möge ihn tot umfallen lassen, bevor das geschehen konnte. Doch Johannes musste den ganzen schmachvollen Abend durchstehen.

Er hatte erwartet, dass Sarah sich verlegen abwenden würde, um dieser äußerst peinlichen Situation wenigstens die Spitze zu nehmen und so etwas wie Solidarität zu zeigen. Doch sie war erbarmungslos auf ihn zugetreten und hatte ihren Blick auf seinen Penis geheftet. Wenn auch der Vater von jedem erwartete, dass er seinen Abscheu Johannes ins Gesicht schleuderte, so traf es ihn doch bis ins Mark, wie genüsslich Sarah zum Ausdruck brachte, wie sehr sie die Vorstellung anwiderte, wie er dieses – winzige – eklige – schlaffe – Ding in die Hand nähme und daran herumrubbelte. Jedes einzelne Wort ließ sie sich auf der Zunge zergehen. Ihre Augen sprühten Feuer, als sie ihm boshaft ins Gesicht lächelte, bevor sie sich von ihm abwendete.

Dieser Tag hatte sich für alle Zeiten in Johannes' Gedächtnis eingebrannt. Die endlos langen Gebete für sein Seelenheil, die Selbstbezichtigungen und Bitten um Vergebung, die Johannes immer wieder aufsagen musste, nährten seinen Abscheu vor dem Körper und jeglichem sexuellen Verlangen. An diesem Abend drängte sich ihm zum ersten Mal das Bild von «Adams Verdammung» auf.

Als er am Montag wieder zur Schule ging, grinsten ihn die anderen Jungen hämisch an. Sie nutzten jede Gelegenheit, eindeutige Handbewegungen zu machen und ihm ins Ohr zu stöhnen, wenn er vorbeiging. Sarah stand im Kreis einer Gruppe von Mädchen und tuschelte hinter vorgehaltener Hand, als sie Johannes entdeckte. Die Gören brachen in schallendes Gelächter aus und starrten Johannes, der sich mit hochrotem Kopf davonstahl, frech hinterher. Mädchen und Frauen waren die Gehilfinnen Satans, so sie sich nicht wie seine

Mutter züchtig und demütig verhielten. Das war Johannes an diesem Tage klar geworden.

Johannes Erregung war kaum noch zu ertragen. Normalerweise würde er jetzt in seine «Zelle» gehen, um sich mit Hilfe der Peitsche Erlösung zu verschaffen, doch dieser Weg war ihm heute verwehrt. Er musste es aushalten. Aushalten und dabei auch noch Ruhe verströmen und Alina Mut zusprechen. Als die junge Frau mit ihrer «Beichte» am Ende war, schaute sie Johannes mit großen Augen Hilfe suchend an. Sie erwartete offensichtlich nun von ihm die Lösung all ihrer Probleme, und tatsächlich traf Johannes in diesem Moment, zeitgleich mit der Befreiung aus seiner körperlichen Not, die Erkenntnis, dass diese Frau wahrhaftig die von Gott erwartete große Aufgabe an ihn, Johannes, sei.

«Rette diese Seele! Mache dich ans Werk und vertreibe Satan aus diesem Körper!» Wie die Nissen mit einem Läusekamm einzeln aus den Haaren herausgekämmt werden mussten, so hatte Johannes jeden einzelnen Stachel Satans, der sich in dieser Frau festgesetzt hatte, zu entfernen.

«Ja Herr, ich bin bereit, mich dieser schweren Aufgabe zu widmen. Ich werde dein Vertrauen in mich nicht enttäuschen!» Johannes wusste auch schon, wo er die nötige Ruhe und Ungestörtheit für dieses Unterfangen finden würde. Er zweifelte keine Sekunde daran, dass die Frau ihm freiwillig folgen würde. Abgeschiedenheit war genau das, wonach sie sich im Moment am meisten sehnte.

10. Das einsame Haus

Wo nur Verachtung ist vorhanden
Wo Vaterliebe sollte sein
Da muss verdorren eine Seele
So zart und klein

All diese unaussprechlichen Dinge hatte sie diesem Mann nun tatsächlich anvertraut, und er hatte sie weder verdammt noch ihre hilflose Lage und ihre Neigung ausgenutzt. Gut, dass sie ausgerechnet an einen Priester geraten war. Sein Angebot, ihn zu seinem einsam gelegenen Wochenendhaus im Hunsrück zu begleiten, wo sie in der Abgeschiedenheit zur Ruhe kommen würde, um mit seiner Hilfe einen Weg aus ihrer seelischen Not zu finden, hatte sie dankbar angenommen. Sein seltsames Verhalten erschien ihr nun in einem anderen Licht. Es musste auch ihn ganz schön geschockt haben, mit anzusehen, wie ein Mensch im Begriff war, sich das Leben zu nehmen. Er hatte sie ja wirklich erst im allerletzten Moment zu fassen bekommen. So etwas saß einem noch eine ganze Weile im Nacken.

Das Angebot hatte umfassende Auswirkungen auf sein eigenes Leben, dieser Priester schien seinen Beruf tatsächlich als Berufung aufzufassen. Alina hatte in der Tat Glück gehabt.

Bruder Johannes packte noch schnell eine Tasche und dann sollte die Fahrt auch schon losgehen.

Das Häuschen lag versteckt in einem naturbelassenen, urwaldartigen Gebiet zwischen Nahe und Rhein. Der Vater selber hatte es errichtet. Eines Nachts sei ihm ein Engel erschienen und habe ihm den göttlichen Auftrag verkündet, er solle einen Ort der Einkehr und Besinnung erbauen, für sich und seine Kinder. Fernab vom Trubel und Lärm der Menschen. Einen Ort, den man aufsuchen solle, um über sein sündhaftes Leben nachzudenken. Wer aufrichtig in sich ginge, den würde der Herr erhören und ihm eine läuternde Strafe aufzeigen, die ihn wieder auf den rechten Weg führe. Johannes Vater hatte dieses

Haus eine Zeit lang sehr oft aufgesucht. Mit Grauen dachte Johannes daran, wie der Vater ihn zum ersten Mal mitgenommen hatte.

Johannes hatte sich überlegt, dass es vernünftig sei, eine vertrauensvolle Atmosphäre zu schaffen, damit die junge Frau während der langen Fahrt nicht doch noch ihre Meinung änderte. Er durchforstete seine abgelegten Erinnerungen und begann damit, einige der Geschichten zum Besten zu geben, die der Vater seinen Söhnen über diesen Landstrich erzählt hatte.

So habe bereits ein römischer Dichter aus dem vierten Jahrhundert in einem Gedicht die Landschaft des Hunsrücks beschrieben. Der Jäger aus Kurpfalz habe hier seinerzeit sein Revier durchstreift und der legendäre Schinderhannes habe in dem Wald, aus dem sich der Teufelsfels erhebt, zumindest zeitweilig sein Hauptquartier aufgeschlagen. Der Teufelsfels, auch Berg der Versuchung genannt, habe seinen Namen einer Sage zu verdanken. Der Teufel solle den Herrgott zu besagtem Fels geführt haben, um ihm das zu seinen Füßen liegende Land als Eigentum anzubieten. Als Kind hatte Johannes diese Geschichte tatsächlich geglaubt.

Schon seit Stunden waren sie unterwegs, immer weiter Richtung Süden. Nur wenige kurze Pausen gönnte Johannes ihnen, und so war Alina irgendwann eingeschlafen.

Erst als sie heftig durchgerüttelt wurde, erwachte sie wieder und schaute sich verstört um. Wo war sie hier? Der Wagen rumpelte einen schmalen Weg entlang, rechts und links nur dichtes Gestrüpp, aus dem sich die dicken Beine wieder zum Leben erweckter, urzeitlicher Echsen zum düsteren Himmel emporstreckten. Das Flackern der Scheinwerfer hauchte dieser gespenstischen Szene Leben ein und so brauchte Alina einen Moment, bevor ihr klar wurde, wo sie sich befand und dass sie dem Ziel nun wohl sehr nahe waren.

Tatsächlich bremste Johannes den Wagen kurz darauf ab und ließ ihn auf einer freien Fläche ausrollen, die zwischen Büschen und Sträuchern kaum wahrnehmbar versteckt lag. «Wir sind da!» Johannes stellte den Motor ab und schaltete die Scheinwerfer aus. Stockdunkel war es nun, und Alina wurde es ein wenig mulmig.

Beim Licht einer Taschenlampe ließ Johannes sie aussteigen, doch bevor er sich dem Haus zuwandte, das offenbar hier irgendwo stehen musste, zog er ein paar verzweigte Äste aus dem Dickicht hervor und versperrte damit den Zugang zum «Parkplatz». Wer nicht wusste, was sich dahinter verbarg, würde selbst bei hellem Sonnenlicht daran vorbeilaufen. Johannes ließ den Strahl der Taschenlampe noch einmal darüber hinweghuschen und wandte sich dann zufrieden um, einen Weg einzuschlagen, den nur er allein sehen konnte. Alina folgte ihm dicht auf, hier wollte sie sich keineswegs verlaufen.

Minuten verstrichen und sie glaubte schon, der Priester habe sich verirrt, doch seine Zielstrebigkeit deutete nicht darauf hin. Aber warum parkte man den Wagen so weit ab vom Haus? Bruder Johannes hatte jetzt zwar nur eine Tasche dabei, doch wenn man hier eine längere Zeit verbringen wollte, so musste man auch größere Mengen Lebensmittel und andere Dinge zum Haus tragen und das wurde doch äußerst beschwerlich.

Plötzlich blieb der Priester stehen. «Wir sind da!» Alina riss die Augen weit auf, doch sie konnte beim besten Willen kein Haus entdecken. Der Strahl der Taschenlampe leuchtete mitten hinein in den dicht bewachsenen Wald. «Ich sehe nichts, nur Bäume!» *Ja, sein Vater hatte gründlich dafür gesorgt, dass kein Wanderer, der sich vielleicht zufällig hier hinverirrte, das Haus entdecken konnte.*

Johannes trat näher heran und durchschritt eine enge Lücke, die Alina zwischen zwei jungen Birken gar nicht wahrgenommen hatte. Ihr wurde immer unbehaglicher zumute, als sie ihm weiter folgte. Das war doch kein Wochenendhaus, das war ein sicheres Versteck. Niemand würde sie hier jemals finden, wenn etwas geschähe. Auf was hatte sie sich da wieder eingelassen? Doch nun gab es kein Zurück mehr. Ohne Hilfe würde sie sich hoffnungslos verlaufen. *Ganz ruhig, du machst dich selber verrückt. Dunkelheit und Einsamkeit lassen dich schon Gespenster sehen, der Mann ist Priester, du kannst ihm vertrauen. Wenn es morgen hell ist, sieht alles gleich ganz anders aus.*

Das Knarren der Tür, hinter der sich das Grauen verbarg ...!

Das Geräusch klang überdeutlich an Alinas Ohr. All die Szenen von Grusel- und Horrorfilmen, von Krimis und Thrillern fielen ihr ein, bei denen dieses Knarren seinen Gänsehauteffekt nicht verfehlt hatte. Wild klopfte ihr Herz, als die Tür wieder hinter Alina geschlossen wurde.

Dieses beklemmende Gefühl, das sich mit jedem Schritt, den er auf das Haus zumachte weiter ausbreitete, überwältigte ihn nun fast.

Tief durchatmen, nur du und diese Frau sind hier, keine teuflischen Mächte! Es war nicht wirklich Satans Schlund, es war nur eine Täuschung, du hast es gesehen! Kein Höllenfürst war es, der mit leuchtenden Augen seine Kundschafter ausgespieen hatte. Nicht er hatte diese Hitze ausgelöst in seiner schwächsten Stelle, die seine Kraft so gierig aus ihm herausgesaugt hatte, bis sie tatsächlich mit seinem Samen in einem gewaltigen Schwall hervorschoss und im Schlund des Satans verschwand.

Doch die Augen des Antichristen weilten noch immer da, so wie sie überall, wo Finsternis herrschte, für ihn spionierten. Im Keller seines Elternhauses hatten sie ihn beobachtet. Tagsüber versteckten sie sich in Ritzen und Zimmerecken, doch Johannes spürte sie auf, und nur ein schmieriger Fleck erinnerte dann noch an sie. Äußerst selten kam es vor, dass er eines dieser Geschöpfe übersah.

Bruder Johannes entzündete eine Kerze, die das Innere der Hütte nur schemenhaft ausleuchtete. Gleich neben der Kerze lag auch hier wieder ein christliches Buch auf dem Tisch: «Lebenswege der Heiligen».

Alina ließ ihren Blick weiter durch den Raum schweifen. Ikonen, Kruzifixe und Bilder des Heiligen Vaters, sowohl des derzeitigen Würdenträgers, als auch die Antlitze vorangegangener Päpste, drängten sich dicht an den Wänden, ein jedes Bildnis schien die Aufmerksamkeit des Betrachters auf sich lenken zu wollen.

Alina fröstelte. Welcher Mensch und sei er noch so gläubig, würde sein Haus dermaßen mit religiösen Gegenständen überhäufen? Das war nicht mehr normal. Ihre Tante war Erz-katholisch, sie lief regelmäßig in die Kirche, betete vor jeder Mahlzeit und sank vor Ehrfurcht in die Knie, wann immer der Papst im Fernsehen zu sehen war. Doch selbst sie beschränkte sich auf ein Kruzifix in jedem Raum, wenige Ikonen und das gerahmte Foto des aktuellen kirchlichen Oberhauptes. Das hier war schon beinahe krankhaft. Doch Alina mochte jetzt nicht über den Priester nachdenken. Sie war müde und außerdem war es mittlerweile empfindlich kalt geworden. Diese Hütte sah kaum jemals einen Sonnenstrahl, so versteckt wie sie lag, davon abgesehen, waren die Nächte, trotz der hohen Temperaturen tagsüber, doch recht kühl. Alina trug lediglich ein kurzes, ärmelloses Top und eine Hüfthose aus dünnem Stoff. Ihre nackten Füße steckten in Sandalen. Sie wollte nur noch in ein Bett sinken, sich in eine warme Decke hüllen und schlafen. Morgen würde man dann schon weitersehen.

Wo waren die Betten? Wenigstens eines musste es geben. Alina schaute sich um, ein Tisch, zwei Stühle, ein Schrank ... eine Tür, die in einen zweiten Raum führte, konnte Alina nicht erkennen. «Wo kann ich denn schlafen? Ich bin total müde!» Sie schaute den Priester irritiert an. «Wenn es soweit ist, werde ich dir den Ort zeigen, an dem du die Nacht verbringst, doch nun müssen wir mit der Arbeit beginnen! Knie dich hin und bete das Vater Unser. Laut und deutlich!»

Bruder Johannes machte sich am Fußboden zu schaffen und öffnete eine Luke, die Alina bisher nicht bemerkt hatte. Er warf ihr einen strengen Blick zu, als sie nicht sogleich mit dem Gebet begann. «Vater unser ...» das bekam Alina zum Glück gerade noch hin. Ein Gebet vor dem Schlafen gehen, Ok. Aber er sprach vom Beginn der Arbeit, was hatte er nur vor? Alina bekam es allmählich richtig mit der Angst zu tun, doch sie musste gehorchen.

«Sprich lauter und wenn du fertig bist, fang von vorne an, ich bin gleich wieder bei dir!» Der Priester war eine Leiter hinabgestiegen und rief zu ihr hinauf. Was mochte dort unten wohl sein? Sollte sie etwa in einem Keller schlafen? Alina starrte wie gebannt auf diese Luke, während sie mit lauter Stimme das Gebet fortsetzte.

Er kam zurück. Bruder Johannes Kopf erschien wieder im Zimmer und mit jeder weiteren Sprosse, die er erklomm, geriet Alina mehr und mehr in Panik.

Schon als er die Luke öffnete, befiel ihn dieser Schauer. Mit jedem Schritt, den er tiefer hinabstieg, sträubten sich weitere seiner aufgeladenen

Nackenhaare. Alles war wieder präsent, solange schon vorüber, doch an diesem Ort zeitlos. Er war wieder der achtjährige Junge.

Johannes entledigte sich seiner Kleidung, verstaute sie in der kleinen Truhe, der er zuvor die schwarze Kutte entnommen hatte, und wechselte mit der Kleidung, gleichsam seine Identität.

Der ängstliche Junge war verschwunden, er hatte sich versteckt in der Truhe. Es gab ihn nicht mehr, diesen Versager, von dem der Vater sich enttäuscht abgewandt hatte, für den er nur noch Verachtung übrig hatte. Gerade noch gut genug, um seine Launen an ihm auszulassen. Wie hatte Johannes sich bemüht. Stundenlang hatte er mit Lese- und Schreibübungen zugebracht. Doch es war hoffnungslos. Da seine Brüder ihn allesamt mit guten Leistungen überflügelten, versuchte er, den Vater mit seiner Frömmigkeit und einem asketischen Lebensstil zu beeindrucken, doch Johannes hatte das Gefühl, sein Vater würde ihn dafür nur noch mehr verachten. Die Rolle des Versagers zog sich durch sein weiteres Leben wie ein roter Faden. Zwei Lehren hatte er abgebrochen. Trotz des schlechten Hauptschulzeugnisses, hatte man ihm diese Chance gegeben, doch da sein seltsames weltfremdes Verhalten jeden abgeschreckt hatte und er sich stets absonderte, wurde er bereits in der Probezeit wieder entlassen. Wie gern wäre er Priester geworden, doch es war aussichtslos. Zu guter Letzt konnte er doch noch eine Ausbildung beenden, als Friedhofsgärtner. Nach der bestandenen Prüfung wurde er allerdings nicht übernommen, und da der Vater keinen nichtsnutzigen Schmarotzer an seinem Tisch duldete, lebte er seitdem in einer kleinen Wohnung von Sozialhilfe. Er brauchte nicht viel. Den Wagen hatte Johannes sich im wahrsten Sinne des Wortes vom Munde abgespart. Er konnte weitestgehend auf Nahrung verzichten. Als Getränk genügte ihm Wasser oder zu besonderen Gelegenheiten auch einmal eine Tasse Tee, und für Eitelkeiten hatte Johannes ohnehin nichts übrig. Doch einen Wagen brauchte er. Die Möglichkeit, jederzeit diesen geheimen Ort aufsuchen zu können, gab ihm die Kraft, dieses trostlose Dasein durchzustehen.

Sowie die Kutte über seinen nackten Körper glitt, durchströmte Johannes ein Gefühl der Macht und Überlegenheit, dem kein anderer als Gott allein ebenbürtig sein konnte. Diese Macht eilte ihm voraus, als er Stufe für Stufe dem oberen Wohnraum entgegenschritt.

Das war nicht mehr derselbe Mann, der nun seinen Kopf durch die Luke streckte und dessen Blick Alina mit einem irrsinnigen Feuer in den Augen durchbohrte.

Hatte der Mann, der die Leiter hinabgestiegen war, noch den Anschein gehabt, etwas verschroben und versponnen zu sein, so war die Person, die nun dem Keller entstieg, einem Wahnsinnigen gleich. Jede seiner Bewegungen drückte Autorität aus, und Alina wusste, dass sie sich ihm würde unterwerfen müssen, was immer er von ihr verlangte.

Ihr Herz pochte wild und ließ das heiße Blut in gewaltigen Stößen durch ihr Lustzentrum strömen. Es ließ Kitzler und Schamlippen prall anschwellen und den süßen Saft ihrer Liebesgrotte unaufhörlich durch Alinas Spalte rinnen, so dass der Slip schon bald durchnässt an ihren Lippen kleben blieb.

«Entferne diese schamlose Kleidung auf der Stelle! Eine Frau sollte ihren Körper züchtig bedecken, so sie fromm und ehrbar ist. Doch da du durchdrungen bist von Satan, sollst du nackt vor deinem Schöpfer knien und darum flehen, dass er dich erhöre!»

Zitternd vor Erregung, die Kälte nahm sie schon längst nicht mehr wahr, wollte sich Alina das Top über den Kopf streifen, doch der Stoff blieb an ihrem Ohrring hängen, so dass sie mit hoch gestreckten Armen und dem Top vor den Augen, Johannes ihre großen, schweren Brüste einladend entgegenstreckte. Wie kleine Boote auf der wogenden See, so hüpften ihre steil aufgerichteten, erregten Knospen bei dem hektischen Versuch, sich loszureißen, auf und nieder.

Oh, Satan! Johannes Glied entwickelte eine Eigendynamik, er spürte, wie seine pralle Eichel gegen den groben Stoff der Kutte rieb, im Rhythmus der Hüpfbewegungen von Alinas Brüsten. *«Satan, weiche von mir!»*

Alina zerrte immer hektischer an ihrem Top, sie wollte den Priester nicht aus den Augen verlieren. Endlich riss der Stoff und Sie schleuderte das Kleidungsstück in weitem Bogen von sich. Alina starrte in das verzerrte Gesicht des Mannes, doch es war nicht nur sexuelle Ekstase, die sie in seinen Augen erkannte. Konnte es denn sein, dass ihr sein Hass entgegenschlug? Dafür gab es weiß Gott keinen Anlass, doch sie wusste diesen Ausdruck nicht anders zu deuten.

«Gehorche! Hinweg mit dieser schamlosen Hose!» Hastig stand Alina auf, streifte die Sandalen ab und befreite sich zügig von ihren Beinkleidern. Auf Unterwäsche hatte Alina Jens' Aufforderung entsprechend verzichtet. Sie sei beim Anprobieren ihrer Arbeitskleidung nur hinderlich. Nun stand sie vor dem Priester, so wie Gott sie erschaffen hatte.

Der Anblick von Alinas rasierter Scham nahm Johannes gänzlich den Atem. Die dunklen Locken vor Sarahs jungfräulicher Spalte waren bisher das Erregendste, was er zu Gesicht bekommen hatte. Wenn die anderen Jungen in der Schule lasterhafte Heftchen herumreichten, hatte er sich stets abgesondert. Nicht, dass man sie ihm überhaupt angeboten hätte, er galt schon immer als Sonderling und wurde von den anderen nur gehänselt und verspottet.

Diese Spalte war unbedeckt. Gleich einer Knospe, die ihre Blütenblätter im frühen Sonnenaufgang zaghaft entfaltete, glitzernd im feuchten Morgentau, so hatten sich auch die verhüllenden Lippen dieser weiblichsten aller Körperstellen soweit geöffnet, dass sie den Blick freigaben, auf diese zarten, roten, so empfindlichen Lippen, die den Blütenblättern gleich, nun im warmen Licht der Kerzen glitzerten. Der Duft des unaufhörlich fließenden Nektars drang bis zu Johannes vor und stieg ihm verlockend in die Nase.

«Du legst für wahr die betörendsten Fallen aus, doch ich werde dir trotzen!» Sein Glied pulsierte. Er befand sich in diesem höllischen Stadium, kurz vor der Entladung, in dem es kein Halten mehr gab und das Verlangen nach Erlösung jede Sünde zu rechtfertigen schien. Indem Johannes Satan seinen Widerstand lauthals entgegenschrie, griff er in die Ärmel seiner Kutte und holte zwei fünfschwänzige Peitschen hervor. Eine drückte er Alina in die Hand, mit der anderen geißelte er sich selber, nachdem er die Kutte ausgezogen und zur Seite gelegt hatte.

«Folge meinem Tun! Knie nieder und lass die Peitsche ihr Werk vollbringen! Satan, weiche von mir! ... Satan, weiche von mir! ...» Wieder und wieder schleuderte er diesen Satz von sich und mit jedem Ausruf ließ er die Peitsche erneut kraftvoll auf seinen Rücken knallen, bis das Blut in Strömen hinunterfloss und sich sein hoch aufgerichtetes Glied mit einem letzten Aufbäumen ekstatisch entlud und das Sperma sich in einem nicht enden wollenden Strahl auf den Fußboden ergoss.

Aufgeputscht von seinem Gebaren und dem Anblick dieses riesigen Schwanzes stimmte Alina enthusiastisch in seinen Sing Sang mit ein und ließ die Peitsche ebenfalls ihren Körper zeichnen, wenn auch nicht mit so viel roter Farbe. Ihr Blick pendelte dabei ständig hin und her, zwischen seinem Schwanz, der Peitsche und dem stramm befestigten Metallband um seinen Oberschenkel, ein Bußgürtel mit nach innen gerichteten Dornen, vermutete sie. Auch Alina kam ihrem Höhepunkt nun immer näher und als ein letzter Schlag auch ihr Blut forderte, bäumte sie sich auf und schrie ihren Orgasmus mit einem letzten «Satan, weiche von mir!» aus voller Kehle heraus.

Johannes verfolgte dieses Geschehen mit Genugtuung. Während der Zusammenkünfte mit der befreundeten Familie seiner Kindheit hatte er vieles über das gottgefällige Leiden der Mystikerinnen gehört. Ihre Selbstkasteiungen als Zeichen ihrer Demut wurden den Kindern als vorbildliches Verhalten angepriesen. *Dies ist der Weg, der ihre Seele retten kann!*

Alina war völlig erschöpft auf dem Boden zusammengesunken.

«Der Weg, der vor dir liegt, ist steinig, doch mit Gottes Hilfe wirst du ihn bis zum Ende gehen, mit jedem Schritt wird ein weiterer Stachel Satans aus deinem Leibe fallen, bis deine Seele erlöst ist von allem Übel!» Johannes hatte sich regelrecht in Rage geredet. Er war der Heilsbringer, der dieser Frau zur Erlösung verhelfen würde. Für den Anfang sollte ihr der Weg der seligen Christina als Vorbild dienen!

Mit der Erschöpfung drängte auch wieder die Kälte in Alinas Bewusstsein. Zitternd schlang sie die Arme um ihren Körper. Auch der Magen machte sich nun unbarmherzig bemerkbar. Alina hätte einen ganzen Bären verschlingen können. Die letzte Mahlzeit war immerhin wenigstens zehn Stunden her, und auch da hatte sie nur ein paar Bissen hinuntergewürgt, bevor sie aus dem Toilettenfenster entfloh.

Bruder Johannes hatte sich bereits wieder in seine Kutte gehüllt. Sie sah ihn an, doch die Bedeutung seiner Worte erfasste Alinas Gehirn erst mit Verzögerung. Weg ... steinig ... Stachel Satans ... erlöst ... Übel! Was redete er da?

«Mir ist so kalt, und einen tierischen Hunger hab ich auch!» Erwartungsvoll schaute sie ihm in die Augen.

«Du wirst dem Weg der seligen Christina folgen. Sie fastete bei Brot und Wasser, trug stets einen Gürtel mit Knoten, so dass ihre Seiten Wunden bekamen und auch den Bußgürtel trug sie viele Stunden lang. All das und vieles mehr ertrug sie aus Demut, um die Leiden unseres Herrn am Kreuze nachzuempfinden! Für heute brauchst du keine Nahrung mehr, steh auf und folge mir!» Johannes ließ die junge Frau zunächst über einer Grube hinter der Hütte ihre Blase entleeren, dann trat er abermals an die Kellerluke. Mit strengem Blick forderte er Alina auf, die Stiege hinunterzuklettern.

Zaghaft kam sie seiner Aufforderung nach. Sie wurde das Gefühl nicht los, in eine Gruft zu steigen. Mit jedem weiteren Tritt hinab griffen Kälte und Dunkelheit intensiver nach ihr. Die Tatsache, dass der Priester ihr folgte, beruhigte sie keineswegs.

Bruder Johannes entzündete mit der mitgebrachten Kerze eine weitere, die sich in einer Halterung an der Wand befand, und stellte sie in eine andere gleicher Art auf der gegenüberliegenden Seite ab. Der flackernde Schein hauchte dieser Kammer ein ganz eigenes Leben ein. In Indiana-Jones-Filmen hatte Alina diese Atmosphäre bereits wahrgenommen, doch es war etwas völlig anderes, gemütlich auf ihrem Sofa zu sitzen, ein Kissen vor das Gesicht haltend und mit wohligem Schauer auf den Bildschirm des Fernsehers zu starren, wenn Skelette mit grinsenden Totenschädeln aus Nischen fielen, oder hier leibhaftig zu stehen, allein, frierend, hungrig und einem Wahnsinnigen hilflos ausgeliefert.

Der in Lebensgröße ans Kreuz genagelte Körper vor ihr erschien im flackernden Kerzenlicht absolut lebendig. Alina zuckte heftig zusammen, als sie in diese Augen starrte, die ihr direkt in die Seele zu blicken schienen. Neben der Truhe zu ihrer Rechten standen jede Menge weißer Kerzen und auf einem kleinen, hölzernen Regal erblickte sie eine abgegriffene, alte Bibel, die aufgeschlagen dalag, so, als sei sie gerade eben noch benutzt worden. Darüber starrten die Augen irgendwelcher Heiliger auf sie herab. Ob diese Christina, von der der Priester gesprochen hatte, auch dabei war? Die Wand zu ihrer Linken war ebenfalls bedeckt mit Bildern des Heilands und weiterer Heiliger.

Was all diese Gesichter verband, war die Tatsache, dass ihre Augen alle miteinander den Betrachter anschauten. Man fühlte sich regelrecht verfolgt von all den Augen. Alina stöhnte schaudernd auf. Am liebsten wäre sie die Leiter wieder hinaufgestürmt.

«Hier sollst du im Angesicht des Herrn und unter den wachsamen Augen all dieser frommen Menschen beschützt die Nacht verbringen. Folge dem Leidensweg der seligen Christina und bette dich wie sie. Lege dich auf den Rücken und bilde ein Kreuz. Breite die Arme weit aus, auf dass du beizeiten erwachest, um deine Gebete auszuführen! Satan ist stark, er hat dich noch fest im Griff. Folge dem Weg, sonst führt er dich hinab ins Höllenfeuer, auf dass du in alle Ewigkeit die schrecklichsten Qualen erdulden musst!»

Mit den letzten Worten hob er die Leiter zur Seite, so dass Alina das farbenprächtige Bildnis, das dahinter verborgen war, betrachten konnte.

Satan, wie er sich einem Zombie gleich aus der Erde reckte. Er schien sich tatsächlich aus dem Boden der Kammer zu erheben. Auch *seine* Augen schienen sich in die Seele des Betrachters bohren zu wollen. Das Maul dieser Fratze war weit geöffnet, so, als wolle es die arme Seele, die hier gefangen war, auf der Stelle verschlingen. Ein Gruselkabinett war ein Ort der Geborgenheit gegen diese Kammer.

Bevor Alina sich niederlegen musste, band der Priester ein Seil um ihren Bauch, das über und über mit dicken Knoten versehen war. Er zog es so fest, dass Alina laut aufschrie. «Du sollst stets daran denken, welche Qual unser Herr Jesus für unser Seelenheil auf sich genommen hat!» Der Truhe entnahm er einen weiteren Bußgürtel und zog ihn stramm um Alinas Oberschenkel. Die Tränen ließen sich nun nicht mehr aufhalten, schluchzend und wimmernd legte sie sich in der ihr angewiesenen Weise auf den Rücken, die Arme weit ausgebreitet, die Füße zu Füßen des Gekreuzigten; sie lag dort wie das Spiegelbild des Gottessohnes.

Eilig verließ Johannes den Keller, nachdem er die Leiter wieder zurechtgerückt hatte. Oben angekommen, zog er sie hinauf und verschloss erleichtert die Luke.

Als er in das Antlitz der Teufelsfratze geschaut hatte, war plötzlich alles wieder so präsent, als sei er wieder der achtjährige, der zwölfjährige Junge. Die Zeiten verwischten. Einzig die Anwesenheit der Frau bestätigte ihm, dass es vorbei war, Gefühle aus der Vergangenheit. Er klammerte sich an ihren Anblick, bis er dieser Schreckenskammer wieder entfliehen konnte.

Die Wut im Gesicht seines Vaters ließ ihn zusammensinken zu einem Häufchen Elend. Er hatte sich lange davor gedrückt, ihm seine Klassenarbeit auszuhändigen, aber es ließ sich nicht vermeiden und so hatte er schließlich all seinen Mut zusammengenommen und sie vor ihn auf den Tisch gelegt. Zeichen und Striche waren reichlich mit roter Tinte an den Rand gezeichnet und unter der Arbeit prangte fett eine dicke Fünf. Mangelhaft!

Zornig schleuderte der Vater das Heft in die Ecke und versetzte ihm einen heftigen Schlag ins Gesicht. Wortlos verließ er daraufhin das Zimmer.

Als der Vater nach einer Weile zurückkehrte, hatte er eine kleine Reisetasche dabei. «Komm her, du wirst mit mir zum Haus der Besinnung fahren. Dort hast du Gelegenheit, über deine Faulheit nachzudenken und dich im Lesen zu üben!»

Es war ein Freitag. Er sollte dieses Haus zum ersten Mal zu Gesicht bekommen. Nachdem sie die Hütte am späten Abend endlich erreicht hatten, führte der Vater ihn in diese düstere Kammer. All diese kummervollen Augen. Er hatte das Gefühl, erdrückt zu werden. Im Schein der flackernden Kerze ließ er Johannes mit einer Bibel allein, aus der er so laut vorlesen musste, dass der Vater ihn oben auch hören konnte. Er mühte sich ab, doch die Buchstaben schienen ihn zu verhöhnen, wenn sie vor seinen Augen tanzten und sich zu völlig unsinnigen Wortgebilden zusammenfügten. Er zitierte Textstellen, die er auswendig konnte, doch der Vater erkannte den Trick und verlangte ihm völlig unbekannte Textstellen ab. Sein Scheitern war vorprogrammiert.

Tiefe Enttäuschung lag in der Stimme seines Vaters, als er ihn endlich aufforderte, die Bibel beiseitezulegen. Langsam stieg er wieder zu ihm hinab und schaute ihn tadelnd an. «Nicht einmal im Angesicht all dieser frommen Menschen kannst du die Zeilen in der Heiligen Schrift lesen! Mir scheint, Satan selbst hat dir die Lippen verschlossen und dir aufgetragen, mich im Beisein unseres Herrn (Sein Blick richtete sich bei diesen Worten auf den Gekreuzigten.) zu täuschen!» Johannes war zutiefst beschämt. «So werde ich Gott diese Nacht um Gnade anflehen, dass er dir vergeben möge, und auch du, mein Sohn, nutze diese Nacht zum Gebet. Meide den Schlaf, auf dass nicht Satan erscheine, um dich in dieser günstigen Phase der Nacht mit sich zu reißen!»

Mit diesen Worten war der Vater, die Kerze mit sich nehmend, wieder hinaufgestiegen. In völliger Dunkelheit ließ er den Sohn zurück, als er die Leiter hinaufzog und die Luke verschloss.

Er war der Panik nahe. Sein Herz hämmerte so laut, dass er glaubte, man müsse es bis hinauf ins obere Zimmer hören. Er konnte kaum noch atmen, der Gedanke an all diese Augen, die ihn anstarrten, diese düsteren, traurigen Blicke. Er meinte, nun auch ihre Stimmen zu vernehmen, klagende Stimmen, schmerzvolles Stöhnen, flehen um Vergebung und Erlösung ... ein verzweifelter Schrei entrang sich seiner Kehle, doch von oben dröhnte nur die Stimme des Vaters zu ihm hinunter: «Bete, mein Sohn. Bete um dein Seelenheil!»

Seine eigene Stimme gab ihm in dieser Nacht den Halt und die Kraft, die Stunden der Finsternis durchzustehen. Laut und durchdringend ließ er seine Gebete erklingen, damit sie die Stimmen in seinem Kopf übertönten. Wieder und wieder, bis er irgendwann völlig erschöpft eingeschlafen war.

Er erwachte, als er seinen Namen rufen hörte. Eine dunkle eindringliche Stimme rief ihm immer wieder zu: «Johannes, komm mit mir!»

Verschlafen hatte er sich die Augen gerieben. Im ersten Moment hatte er keine Ahnung, wo er sich befand, erst allmählich kam die Erinnerung und damit das Grauen zurück. Er war eingeschlafen, er hatte es nicht geschafft, sich mit Gebeten wach zu halten. All diese anklagenden Augen, die auf ihn herabschauten, im Blick des Gekreuzigten meinte er tiefe Enttäuschung zu erkennen!

Aus den Augenwinkeln bemerkte er plötzlich eine Bewegung, etwas Dunkles krabbelte über den Boden – da, noch weitere Schatten! Seine Nackenhaare stellten sich aufrecht, als er erkannte, was da in immer größer werdender Zahl herangekrabbelt kam, auf dem Boden, über seine Beine ... panisch schlug er die Spinnen von seinem Körper.

Warum konnte er sie eigentlich sehen? Als der Vater ihn verlassen hatte, musste er in absoluter Dunkelheit zurückbleiben. Woher kam nun dieses Licht? Die Luke war noch immer verschlossen, langsam drehte er sich um und erstarrte.

Der Schrei hätte Glas zum Zerspringen gebracht, wenn es hier unten so etwas gegeben hätte.

Die Erde hinter ihm hatte sich aufgetan und der Leibhaftige selbst entstieg dem Reich der Finsternis, um ihn zu holen. Das Höllenfeuer brannte in seinen Augen und aus dem aufgerissenen Maul strömten seine Boten, dicke, haarige, schwarze Spinnen! Er schrie und schrie, bis ihm die Stimme zu versagen drohte, als endlich die Luke geöffnet wurde und sein Vater hinabgestiegen kam, um ihn zu erretten.

Am ganzen Körper zitternd lag Alina auf dem kalten, harten Boden. Sie hatte ein Hohlkreuz gebildet, um den Schmerz, der durch die Knoten, die in ihren Rücken drückten, verursacht wurde, abzumildern, doch dadurch wurde die Muskulatur ihrer Beine angespannt und der Bußgürtel bohrte sich noch tiefer in ihren Schenkel.

Es war nicht auszuhalten. Bruder Johannes war nicht da, er konnte nicht sehen, wenn sie diese Folterinstrumente abnahm und sich zusammenrollte. Ob sie dann schlafen konnte, war zweifelhaft. Der

Hunger und die Kälte machten ihr immer noch genug zu schaffen. Alina befreite sich von den quälenden Utensilien und machte ein paar Gymnastikübungen, um sich ein wenig aufzuwärmen. Die Kerzen brannten Gott sei Dank, so konnte Alina auch ihre Hände etwas wärmen.

Sie entnahm eine der Kerzen der Halterung und trat damit näher an das Teufelsbild heran. Es war unheimlich, aber auch faszinierend. Alina musste sich hinknien, um die Fratze näher in Augenschein zu nehmen, da entdeckte sie, dass die Augen ebenso leer waren wie das geöffnete Maul. Sie steckte ihre Hand in den Rachen des Teufels. Dahinter befand sich ein Hohlraum. Alina lauschte. Das waren Schritte! Auf leisen Sohlen schlich jemand auf die Öffnungen in der Wand zu. Schnell legte sich Alina wieder in der vorgegebenen Weise auf die Erde. Von dem rückwärtigen Standpunkt aus war nicht zu erkennen, dass sie keine peinigenden Gürtel mehr trug. Dieser Priester brauchte von ihrer Entdeckung nichts zu wissen. Wer weiß, vielleicht konnte es ihr einmal von Nutzen sein.

Eine ganze Weile blieb Alina so liegen, ehe sie sich getraute, ihr Nachtlager etwas angenehmer zu gestalten. Nachdem sie sich eine Stunde lang hin und her gewälzt hatte, sank sie endlich in einen, zum Glück traumlosen Schlaf.

Johannes hatte die Hütte verlassen, um sich dem geheimen Zugang auf der Rückseite des Gebäudes zu nähern. Versteckt hinter Buschwerk, unter einer moderigen, alten Wurzel legte er eine weitere Luke frei, die er nun öffnete, um hinabzusteigen und die Frau in ihrer Kammer zu beobachten. Es herrschte Stille. Kein Weinen und Jammern drang mehr an sein Ohr und sie lag tatsächlich noch immer mit ausgebreiteten Armen da, demütig vor dem Herrn.

Johannes dachte zurück an den Tag, an dem er diese Entdeckung gemacht hatte. Wie viele Ängste und Seelenqualen hatte er all die Jahre durchlitten, seit der Vater ihn zum ersten Mal mit hierhin genommen hatte.

Es war in der Zeit kurz nach seiner Bloßstellung. Wieder einmal musste er in dieser Kammer verharren und aus der Bibel vorlesen.

Onans verwerfliches Tun war das Thema dieses Wochenendes. Der Vater erklärte ihm, dass der Samen eines Mannes nur in den Schoß seiner angetrauten Ehefrau gehöre, um den Fortbestand der göttlichen Schöpfung zu sichern. Er schilderte ihm auch genau, in welcher Stellung dies geschehen musste. «Die Frau liegt auf dem Rücken und schlingt die gespreizten Beine um ihren Gatten, der nun über ihr kniend mit heftigen Stößen in sie eindringen kann. Andere Stellungen sind des Teufels!» Der Vater schilderte ihm bis ins kleinste Detail, wie Satan die Frauen verführte, ihnen höchste Sinnesfreuden bescherte. Stets von hinten nahm er sie, mit einem dreigeteilten Schwanz, den er gleichzeitig in Mund, Scheide und After stoßen konnte.

Johannes war total aufgewühlt, als der Vater ihn für die Nacht wieder in der Kammer zurückließ. Orgiastische Bilder machten sich breit in seinem Kopf, so dass sein Glied sich hart und pochend aufrichtete und so drängend nach Befriedigung verlangte, dass er schließlich nachgab und es fest in die Hand nahm, um sich durch heftiges Reiben Erleichterung zu verschaffen. Doch auch dieses Mal blieb sein Tun vom Vater nicht unbemerkt.

Wutentbrannt kam dieser die Stiege hinuntergeschossen, rückte die Leiter zur Seite und zerrte ihn vor das Antlitz des Teufels. Diese Augen! – schwarz und heiß funkelten sie ihn lüstern an, als der Vater seinen Penis ergriff und in den aufgesperrten Rachen Luzifers schob. Sofort verspürte er einen höllischen Sog. Satan wollte ihn verschlingen! Zunächst versuchte er noch, sich dieser Macht zu entziehen, sobald der Sog nachließ, doch der Vater stieß ihn immer wieder zurück. Schon bald war das nicht mehr nötig. Aus eigener Kraft stieß er sein Glied nun im Rhythmus des Höllenschlundes kraftvoll hinein. Seine pochende Rute hatte die Herrschaft über ihn ergriffen. Wehrlos musste er die grausamen Prophezeiungen seines Vaters mit anhören, wohl wissend, dass er sich dem Bann des Bösen nicht entziehen konnte.

Voller Hass dachte Johannes an den Vater zurück. All die selbstzerstörerischen Gedanken, die er damals mit sich herumgeschleppt hatte. Als Johannes sich später über der Grube hinter dem Haus erleichtern wollte, entdeckte er zufällig die Luke, die der Vater vergessen hatte zu schließen. Ungläubig starrte er in die Kammer, in der er noch vor Kurzem diesen Seelenqualen ausgesetzt war. Ganz allmählich, Stück für Stück schlich sich die Erkenntnis in sein Gehirn. Das Bild des Vaters, das er bis zu diesem Tage in sich getragen hatte, zerfiel in tausend Scherben.

Danach sollte dieser Mann nie wieder Macht über ihn erlangen. Wer sich damals hinter der Maske verborgen hatte, sollte Johannes niemals erfahren.

Als Alina erwachte, band sie sich den Gürtel wieder um ihre Mitte und griff widerstrebend nach dem Bußgürtel. Nein, diesen würde sie erst anlegen, wenn die Luke sich öffnete.

Als sie endlich wieder das Tageslicht sehen durfte, atmete Alina erleichtert auf. Bevor sie das karge Mahl, bestehend aus Wasser und einer trockenen Scheibe altbackenen Brotes, zu sich nehmen durfte, waren erst einmal wieder lange Gebete fällig, im Wechsel mit selbstzerfleischender Gewissenserforschung. Wie Alina das alles hasste. Die wenigen Minuten, die sie allein bei der Grube verbringen durfte, waren eine richtige Erholung. Doch sie wollte die Zeit auch nutzen, dem geheimen Aussichtspunkt im Keller auf die Spur zu kommen. Es musste einen Zugang von außen geben.

Ihre Suche sollte schon bald von Erfolg gekrönt werden. Die Luke war gut versteckt, doch wenn man wusste, wonach zu suchen war ... Alina sah sich noch einmal vorsichtig um und stieg dann flink hinab. Die Wand, welche die Kammer von diesem Geheimgang trennte, war nur dünn. Es dürfte kein Problem sein, sie im Zweifelsfalle einzureißen. Geeignetes Werkzeug war im Keller vorhanden, der Himmel würde ihr verzeihen. Alina war klar, dass sie diesen Ort und diesen Mann so schnell wie möglich verlassen musste, sie musste nur den richtigen Augenblick abpassen. Schleunigst stieg sie wieder an die Oberfläche und verdeckte die Luke mit der Wurzel, die vorher bereits darübergelegen hatte. Bruder Johannes durfte auf keinen Fall Verdacht schöpfen. Zurück in der Wohnstube klärte der Priester sie darüber auf, wie er ihre Reinigung nun weiter voranzutreiben gedachte.

Satan habe sich ihrer durch alle Körperöffnungen bemächtigt, und deshalb ließe es sich nicht vermeiden, jede einzelne dieser Öffnungen zu entluziferizieren (eine eigene Wortschöpfung, auf die Johannes sehr stolz war).

Alina musste wieder mit ihm hinabsteigen in die Kammer. Gespannt schaute sie dem Priester über die Schulter, als dieser die Truhe öffnete. Unter anderem konnte sie Kreuze verschiedener Größe entdecken. Mit Bedacht wählte Bruder Johannes drei geeignete Objekte aus, und legte sie vorsichtig beiseite, um der Truhe auch noch eine Flasche zu entnehmen, bevor er sie wieder verschloss.

Alina nahm diese Kreuze skeptisch in Augenschein. Sie waren allesamt aus weichem Holz geschnitzt. Die abgerundeten Kannten glatt poliert, Alina atmete auf.

Der Mann öffnete die Flasche und murmelte einige unverständliche Worte, bevor er über jedes der Kreuze etwas von der Flüssigkeit goss, um diese damit einzureiben. Die Säuberung konnte beginnen.

Alina musste sich auf den Rücken legen und die angewinkelten, gespreizten Beine so weit wie möglich hochziehen. Der Mann ließ sie ihre Arme unter die Kniekehlen legen, und reichte ihr eines der kleineren Kreuze. Sie sollte es mit beiden Händen umfassen, das Ende in den Mund stecken und ihre Lippen darum schließen, auf dass das Böse nicht entweichen könne, sondern an Ort und Stelle vernichtet würde. Die beiden anderen Hölzer in den Händen kniete Johannes sich nun über die junge Frau und schaute mit wachsender Erregung auf ihre bereits feuchte Möse herab, in die er gleich einzudringen gedachte. Sein Blick wanderte weiter zur kleinen Rosette, die sich fest verschlossen jeglichem Eindringen zu widersetzten suchte. Doch Johannes wusste, dass Satan auch diesen Weg gegangen war, und voller Wollust stellte er sich vor, wie das Holz diese Öffnung gewaltsam aufsperren würde, und er es im Rhythmus der verbannenden Worte tiefer und tiefer hineintreiben würde, bis der Gehörnte mit dröhnenden Schreien aus dem Mund der Frau würde entweichen wollen.

Sachte, mit leise hervorgebrachten Beschwörungen, begann der Priester nun, sich Alinas Körper gefügig zu machen. «Nimm sie auf, lass sie ein, die Kreuze, auf dass sie Satan verstoßen und Heilung bringen für deinen Körper und deine Seele! Satan, entweiche! ... Satan, entweiche! ...»

Immer heftiger wurden die Stöße, immer tiefer drangen die Hölzer in Alina ein. Im Rhythmus der Beschwörungen schob sie nun auch das Kreuz in ihrem Mund lustvoll bis an den Gaumen, heftig daran saugend.

Johannes Glied war kurz vorm Zerplatzen. Mit aller Kraft stießen seine Hände ein letztes Mal zu und mit einem markerschütternden Schrei, der synchron aus beider Kehlen stieg, bäumte sich sein Leib in Ekstase zuckend auf, um gleich darauf entkräftet auf den Boden zu sinken, wo er still neben Alina zu liegen kam.

Die letzte halbe Stunde wäre ganz und gar nach Alinas Geschmack gewesen, wenn es diese Besessenheit nicht gäbe. Er würde wieder beladen sein mit Schuldkomplexen und sie für seine Geilheit verantwortlich machen. Was fand er eigentlich so schlimm am Sex? Alina wusste, dass das hier kein gutes Ende nehmen würde. Sie musste so schnell wie möglich verschwinden, und als der Priester ihr später mitteilte, er müsse gleich noch einmal fort, um ein paar Besorgungen zu machen, sah sie ihre Stunde gekommen.

Bruder Johannes verbannte sie wieder in den Keller, zog die Leiter herauf und trug ihr auf, inbrünstig zu beten, bis er in zwei bis drei Stunden zurück sei. Daraufhin verschloss er die Luke und verließ die Hütte. Alina wartete vorsichtshalber eine Viertelstunde ab, ehe sie zur Tat schritt.

Bevor sie das große Kruzifix von der Wand nahm, entschuldigte sie sich sicherheitshalber bei dem Gekreuzigten: «Du musst doch einsehen, dass mir keine andere Wahl bleibt. Was in deinem Namen alles für Unglück über die Welt gebracht wird, das ist ja wohl perverser, als jede sexuelle Abartigkeit. Ich bin mir sicher, dass du das genauso siehst, also entschuldige, wenn ich dir jetzt ein paar Kopfschmerzen bereiten werde!»

Alina schlang ihre Arme um den Körper der Christusstatue und rammte das obere Ende mit all ihrer Kraft zwischen die Augen der

Teufelsfratze. Risse zeigten sich in der Stirn des Gehörnten. Alina nahm erneut Anlauf, und nach mehreren Angriffen trug der Sohn Gottes, von ein paar Kratzern einmal abgesehen, unbeschadet den grandiosen Sieg über das Böse davon. Der Teufel lag zerschlagen am Boden und Alina kletterte erleichtert aus der Öffnung in die Freiheit.

Splitterfasernackt, wie sie war, wollte Alina nun doch nicht in den Wald laufen. Ihre Kleidung hatte der Mann im religiösen Wahn verbrannt. Sie hatte die verkohlten Überreste neben der Hütte entdeckt, als sie sich das letzte Mal draußen erleichtert hatte. Die Kutte allerdings musste noch im oberen Raum liegen, denn der Priester hatte sicherlich den Anzug angezogen, bevor er die Hütte verließ. Ein kurzer Blick genügte, und sie entdeckte das Kleidungsstück ordentlich zusammengefaltet auf einem der Stühle liegend. Schnell zog sie es über. Der grobe Stoff kratzte unangenehm auf der Haut, doch was machte das schon aus. Ihre Sandalen waren von dem Feuer offenbar verschont geblieben, erleichtert sah sie sie unbeschadet neben der Tür stehen. Schnell streifte Alina sie über ihre Füße. Die Zeit ihrer Gefangenschaft war zu Ende. Der Weg in die Freiheit lag nun vor ihr.

Alina bahnte sich einen Weg durch das Dickicht. Auf einer kleinen Anhöhe stehend, schaute sie sich noch einmal um. Von der Hütte war nichts mehr zu sehen. Dieses düstere Kapitel in ihrem Leben war nun endgültig vorüber. Bis der Priester zurück sein würde, hätte sie seinen Kerker schon weit hinter sich gelassen. Es war Sommer, im Wald würde sie schon nicht verhungern. Wenn ihr Speisezettel auch nicht üppig ausfallen würde, schlechter als die trockene Scheibe Brot konnte sie es hier sicher auch nicht treffen. Frohen Mutes und voller Tatendrang setzte Alina ihren Weg in die Freiheit fort. Das Vergangene war nicht mehr wichtig. Die Welt lag vor ihr.

Für Alina sollte ein neues Leben beginnen.

COSETTE

GIFT FÜR DIE SKLAVIN

Cosette
Gift für die Sklavin
Spannender SM-Krimi

Taschenbuch
13,5x21 cm, 224 Seiten
erschienen Sep. 2008

ISBN:
978-3-86608-093-5

VK: 13,90 Euro

Candice Timberville arbeitet als Phantomzeichnerin beim örtlichen Police Department. Als sie eines Tages in einem Phantombild glaubt, ihren Lebenspartner und Gebieter Jason Singer wiederzuerkennen, wird ihre Liebe und ihre Hingabe als Sklavin auf eine harte Probe gestellt.
Ist Jay tatsächlich ein Verbrecher? Ist Candy in Gefahr, wenn sie sich ihm auslie fert und von ihm züchtigen lässt? Oder hat sich Candy nur getäuscht?
Heimlich beginnt sie mit ihren ganz persönlichen Ermittlungen ...

Erneut vereint Cosette eine spannende Kriminalgeschichte mit einer fulminanten Erzählung um Hingabe, Unterwerfung und Demütigung.

«Anregend und realistisch [...] Empfehlenswertes Buch, gelungene Mischung aus Krimi und SM-Roman, nachvollziehbar und anregend geschrieben!» **Schlagzeilen**

COSETTE

SKLAVIN IN GEFAHR

Cosette
Sklavin in Gefahr
Fesselnder SM-Roman

Taschenbuch
13,5x21 cm, 152 Seiten
2. Auflage erhältlich

ISBN:
978-3-86608-048-5

VK: 13,90 Euro

Die devote und stark masochistische Vicky fährt mit ihrem Herrn in die verschneiten Rocky Mountains, um ihre Erziehung fortzuführen und Grenzen auszuloten.
SM ist noch recht neu für die junge Frau, aber sie spürt schon früh, dass Demüti gung und Schmerz sie erregen wie nichts zuvor.
Doch immer mehr Hinweise tauchen auf, dass ihr Herr den Trip in die Berge nich nur Vickys Erziehung wegen geplant hat ...

«Cosette hat [...] mit *Sklavin in Gefahr* einen SM-Roman hingelegt, der innerhalb der SM-Szene Klassiker-Potential haben dürfte.» **mon-boudoir.de**

COSETTE

LUST

Cosette
Lust
2 erotische Kurzromane

Taschenbuch
13,5x21 cm, 128 Seiten
erschienen Okt. 2007

ISBN:
978-3-86608-063-8

VK: 13,90 Euro

Mayra wird zur Teilnahme an einer Studie zur *Erforschung der Lust* überredet. Schon am nächsten Morgen erwacht sie in einem Institut und kann sich nicht einmal daran erinnern, wie sie an diesen Ort gekommen ist. Die Mitarbeit an den Projekt hatte sich die Probandin anders vorgestellt ...
Leah steht auf der Straße. Ohne Job, dafür sexsüchtig geht sie zu einem Treffen der Anonymen Nymphomanen. Doch Leahs Sucht wird durch die Therapiestunde vergrößert. Ihr kommen Zweifel an der Institution und sie versucht, mehr darüber herauszufinden. Doch *die Sekte der Lust* hat ihre Augen überall.

«Cosette gelingt es, mit leichter Hand zu fesseln. Und was der Titel ihres Buche verspricht, das hält er auch!» **Schlagzeilen**

«Die Novellen triefen vor Erotik. Hier kommt der Leser voll auf seine Kosten.» **Amazon**